En agosto nos vemos

Edición
de
Cristóbal Pera

Gabriel García Márquez

我们八月见

加西亚·马尔克斯 著
侯健 译

南海出版公司

新经典文化股份有限公司
www.readinglife.com
出 品

目 录
Contents

前言
i

我们八月见
1

原版编辑手记
105

前言

父亲在人生最后数年时光中记忆力衰退，不难想象这对我们所有人来说是多么沉重的话题，况且那种衰退让他难以在写作时保持惯有的严谨态度，他因此感到绝望又挫败。记得有一次，他以伟大作家清晰有力的语言告诉我们："记忆既是我写作的原材料，也是我的工具。没了记忆，就什么都没了。"

《我们八月见》是他顶风破浪克服万难的最后一次创作结出的果实。那次创作过程就像一场赛跑，比赛一方是艺术家追求完美的天性，一方则是日渐衰退的记忆力。我们的朋友克里斯托瓦尔·佩拉在编辑手记里记录了父亲反复打磨各个版本的过程，他的记录比我们能写出的东西更好。当年，我们只知道加博做出的最终判决："这书不行。得把它毁了。"

我们没有把书稿毁掉，而是将它放到一边，希望时间能帮助我们决定最终如何处理它。在父亲去世近十年之后，我们再次阅读了这份手稿，发现它其实有许多令人愉悦的优点。它自然不像父亲那些更优秀的作品一样精雕细琢，甚至还有些不通顺和矛盾之处，不过这并没有什么影响，我们还是能从中体验加博最杰出的作品所带来的享受：他编织故事的能力，充满诗意的语言，足以俘获读者的叙事技巧，他对人类的理解，对人们的生活和遭遇的关注，尤其是对爱情这一主题的关注。爱情可能是他所有作品最重要的主题。

我们认为这本书比记忆中的样子好得多，因此突然想到另一种可能性：当年加博失去了完成此书的能力，那么他是否也失去了察觉此书之美的能力？于是我们决定违背他的意愿，优先考虑读者的愉悦。如果读者喜欢这本书，也许加博会原谅我们。这一点我们深信不疑。

罗德里戈·加西亚·巴尔恰

贡萨洛·加西亚·巴尔恰

我们八月见

1

八月十六日星期五，她乘坐下午三点的渡轮回到了岛上。她穿着牛仔裤、苏格兰格子衬衫和一双低跟休闲鞋，没穿袜子，打一把缎面阳伞，拎了个手提包，唯一的行李是一只沙滩旅行箱。出租车队停靠在码头边，她径直走向车队里一辆被硝石锈蚀的老式车。司机仿佛朋友般对她打了个招呼，带着她一路颠簸，穿过贫穷的村子。这里尽是简陋的茅屋，房顶铺着棕榈叶，街道被炙热的沙砾遮蔽，正对烈焰燃烧的大海。司机得打上几个急转弯,来躲避无畏的猪群和赤身裸体、迈着斗牛步嘲讽他的孩童。驶到村子尽头,出租车沿着一条两侧长满大王棕榈树的大道前行,沿途有沙滩和旅游酒店,道路一侧是壮阔的海洋,另一侧是一片栖息着蓝鹭的潟湖。最后,车子停在一家最破败老旧的酒店前。

服务生正等着她,入住卡上信息齐全,只差签字,二楼唯一的湖景房的钥匙也为她留着。她四步跨上楼,走进简陋的房间,那里飘散着一股刚喷洒过的杀虫剂味,几乎被一张巨大的双人床占满。她从旅行箱里拿出一只羊皮手提包,把一本毛边书放到床头柜上,一把象牙裁纸刀夹在书里被裁开的那一页。她又取出一件粉色丝质无袖睡衣,把它放在枕头下面。随后她取出一条印着厄瓜多尔飞鸟的三角丝巾、一件短袖白衬衫和一双穿了很久的网球鞋,把这些东西带进了浴室。

在梳洗打扮之前,她先取下婚戒和戴在右手上的男士手表，把它们放在梳妆台隔板上，然后快速洗了把脸，洗去旅途中沾染的灰尘，消除午间的困意。她擦干脸，打量着镜中自己的乳房，它们依然浑圆饱满，尽管自己已经历过两次生育。她用双手手掌边缘向后拉紧脸颊的皮肤，试图回忆起自己年轻时的样子。她假装没看到脖子上那早就难以修复的皱纹，然后检查了渡轮上享用午餐后刚刚刷过的完美牙齿。她在除过毛的干净腋窝处擦上祛味香氛剂，穿上口袋绣着"AMB"①字母的清爽棉衬衫，梳理了一下齐肩的深色头发，用印有飞鸟图案的三角巾扎成马尾辫。最后，她在嘴唇上涂抹凡士林润唇膏，用舌头蘸湿食指，捋平杂乱的眉毛，在两侧耳后点涂"东方木"香水。终于，她在镜中遇见了一副秋日母亲般的面容。肌肤上没有任何化妆品痕迹，呈现出蜜糖般的颜色和纹理，黄玉色的眼睛在葡萄牙式深邃眼睑的映衬之

---

① "AMB"为女主人公安娜·玛格达莱纳·巴赫（Ana Magdalena Bach）的姓名首字母。——本书注释均为译注

下，显得十分美丽。她细细打量自己，毫不留情地评判自己，最后确认自我感觉良好。她重新戴上戒指和手表后才发现迟了：再过六分钟就到四点了，但她还是为自己留出一分钟的追忆时间，对着令人昏昏欲睡的氤氲湖水中一动不动的鹭鸟沉思。

出租车在门厅前的梧桐树下等她，没等她下达指令，车子便沿着棕榈树大道一直开到几家酒店围出的一片空地上，这里有一个露天集市，车子在一个卖花的摊位前停了下来。一个体形壮硕的黑人妇女正在沙滩椅上睡觉，被喇叭声吓醒，认出了坐在后座上的女人，于是一边笑着，一边有一搭没一搭地说着，把一束专门为她准备的剑兰递了过去。出租车又开过几个街区，随后拐入一条几乎难以通行的小路，轧过尖锐的石子驶上坡道。灼热的空气结晶般通透，可以望见开阔的加勒比海、游船码头上一字排开的快艇和四点钟返回城市的渡轮。山顶上坐落着一处破败不堪的公墓。她毫不费力地推开生锈的大门，手捧剑兰走进杂草丛生的墓园小径。墓地中央有棵枝繁叶茂的木棉树，指引她辨识出母亲的坟墓。哪怕隔着过度发热的橡胶鞋底，尖锐的石头也硌得她脚底刺痛，阳伞的缎面无法抵挡刺眼的阳光。一只鬣蜥从草丛里蹿了出来，在她面前停下来，看了她一会儿，然后一溜烟惊慌地逃开了。

她从包里取出园艺手套戴上，清理出三块墓碑后，才认出了那块泛黄的大理石碑，上面刻着她母亲的名字和去世日期：八年前。

每年八月十六日同一时刻，她都要重复这趟旅程，乘坐同一辆出租车，光顾同一家花摊，顶着同样的似火烈日，来到同一处破败的墓地，将一束新鲜的剑兰放到母亲的坟前。那之后直到第二天早上九点，也就是第一班回程的渡轮起航之前，她都无事可做。

她叫安娜·玛格达莱纳·巴赫，已经四十六岁了，结婚二十七年，婚姻关系和谐，有一个深爱她、同时她也深爱着的丈夫，她在毫无恋爱经验、还没取得文学艺术学位之前就以处子之身嫁给了他。她的母亲是一位有名的教师,任职于一所推崇蒙台梭利教学法的小学,尽管母亲还有很多长处,可到死都没想过改行。安娜·玛格达莱纳从母亲那里继承了金色眼眸的奕奕神采、少言寡语的美德和情绪自制的智慧。她来自一个音乐世家。她的父亲曾是一位钢琴教师,在省音乐学校当了四十年的校长。她的丈夫也是音乐家之子,曾任管弦乐队指挥,后来接任了教师的职务。两人的儿子堪称典范,他二十二岁就成了国家交响乐队的首席大提琴手,在一次私人演奏会上获得了姆斯蒂斯拉夫·列奥波尔多维奇·罗斯托罗波维奇[1]的赞誉。相反,他们十八岁的女儿虽说天赋异禀,几乎能靠听觉学会任何乐器,却只喜欢把天赋当作不在家过夜的借口。她和一个优秀的爵士乐小号手爱得死去活来,同时不顾父母的劝告,执意要加入赤足加

---

[1] 姆斯蒂斯拉夫·列奥波尔多维奇·罗斯托罗波维奇(1927—2007),俄罗斯著名大提琴家、指挥家。

尔默罗会①。

她的母亲在去世前三天表达了想被葬在这座岛上的心愿。安娜·玛格达莱纳本想参加葬礼，但大家觉得这不是什么好主意，她本人也认为自己没法承受那巨大的痛苦。在母亲去世一周年的时候，父亲带她来到岛上，和她一起竖起墓前的大理石碑。她搭乘汽艇航行了将近四个小时，途中没有片刻风平浪静，令她心惊胆战。原始丛林边缘的金色细沙滩，鸟儿的啁啾声和蓝鹭在平缓的潟湖湖面上幽灵般的飞翔，这些景象令她赞叹不已。破败的村子则让她感到压抑，尽管这里曾经诞生过一位诗人和一个差点当上共和国总统的浮夸议员，可人们还是得在两棵椰子树之间悬挂的吊床上露天睡觉。她看到了许多因炸药棒提前爆炸导致手部残疾的黑人渔民，这让她难以忘怀。然而，最重要的是，从墓地所在的山顶眺望这世界的壮丽景象时，她理解了母亲的心愿。这是唯一让她感觉不到孤

---

① 源自西班牙的天主教修会，旨在回归以上帝为中心的清贫生活。

独的孤独所在。就在那一刻，安娜·玛格达莱纳下定决心将母亲留在那里，并且每年都来到她的坟前，献上一束剑兰。

八月正是酷热难耐、暴雨连连的月份，但她将此行视作一种悔罪仪式，无论如何都要完成，且只能独自完成。仅有一次妥协：孩子们一再坚持要来看看外婆的墓，而自然天气让他们经历了一次可怖的旅程。为避免夜间航行，小艇冒雨按时起航，抵达时孩子们心惊胆战，因晕船而恶心。不过那次他们倒很幸运，住进了那位议员用国家的钱建造、以自己名字命名的岛上第一家旅游酒店。

年复一年，安娜·玛格达莱纳·巴赫眼看着海岸峭壁边的玻璃建筑越来越多，村子却越来越贫穷。汽艇也被渡轮取代了。海上行程依然要花费四个小时，但多了空调、管弦乐队演出和兴高采烈的表演姑娘们。只有她保持着习惯，是村子里最如约而至的游客。

她回到酒店，只穿着内裤躺到了床上，在几乎无法驱散屋内热气的吊扇之下重新开始阅读裁纸刀标记的那一页。读的书是布莱姆·斯托克的《德古拉》。渡轮上，她已经借着阅读杰作的狂热劲头读了一半。后来她把书放在胸前睡着了，醒来已经是两个小时以后，周围一片漆黑，她浑身是汗，饥肠辘辘。

酒店的酒吧一直营业到晚上十点，于是她来到楼下，想随便吃点什么再睡觉。她注意到这个时间段的客人要比平时多，似乎服务员也不是之前的那位了。保险起见，她和往年一样点了火腿奶酪三明治，搭配烤面包片和加奶咖啡。等餐的时候她突然意识到，周围这些老游客还是当年岛上首家酒店初建时的那批人。一个黑白混血小姑娘唱着忧伤的博莱罗舞曲，如今已经年迈又失明了的奥古斯丁·罗梅罗弹着开业典礼上的那架老钢琴，深情地为她伴奏。

她急匆匆地吃了饭，努力克服独自用餐的尴尬，不过她很喜欢那里的音乐，柔和且舒缓，那个小姑娘唱得很好。独自吃完饭后，酒吧里零零散散只剩下三对夫妇坐在桌前，而就在她正对面，坐着一个似乎不同寻常的男人，她没看到他是什么时候进来的。他穿着一件白色亚麻外衣，头发闪着金属般的光泽。他的桌子上放着一瓶白兰地，酒杯半满，看上去他也沉浸在独自一人的世界里。

此时钢琴开始弹奏德彪西的《月光》，不过大胆改编成了博莱罗舞曲风格，黑白混血小姑娘唱得饱含深情。安娜·玛格达莱纳·巴赫听得心潮澎湃，她又点了一杯加冰和苏打的杜松子酒，这是她唯一能接受的酒精饮品。喝下第一口酒，整个世界都变了。她觉得自己轻佻、欢悦，什么都能做，被音乐和杜松子酒的神圣混合润色得更美。她以为对桌的男人没有看她，当她第二次望向他，却惊讶地发现对方正在打量自己。他脸红了。他看短链怀表的时候，她依然盯着他。他尴尬地收起怀表，又给自己倒了杯酒，慌乱地看着酒吧门口的方向，因为此时他已经意识到她无情的注视。接着，他也回望过来。她冲他笑了笑，他则微微点头致意。

"能请您喝一杯吗?"他问她道。

"我很荣幸。"她答道。

他移向她的桌子,很有风度地为她倒上一杯酒。

"干杯。"他说。

她顺水推舟,两人将酒一饮而尽。他呛了一下,咳嗽起来,全身颤动,泪流满面。两人久久地沉默,直到他用带薰衣草香味的手帕擦干眼泪,重新能开口说话为止。她这才敢问他是否在等人。

"没有,"他答道,"原本有件重要的事情,不过现在已经无所谓了。"

她扮出一副早就预备好的怀疑表情,问道:"生意?"

他答:"顾不上别的事了。"

但他的回话里带着男性一贯的玩笑腔调。她没再追究,一改平常的处事风格,以一种粗俗但精心盘算过的方式结束了这个话题:

"那么就是您的家事喽。"

就这样,她继续精明细腻地引导他,最终将他引入肤浅的谈话中。他们玩起了游戏。她揣测他的年龄,猜大了一岁,答案是四十六岁。她通过口音来猜他的国籍,第三次终于猜对了:拉丁裔美国人。她又试着探他的职业,才到第二次他就迫不及待地揭晓了答案——土木工程师,而她怀疑这只是他的把戏,为了不让她误打误撞猜中真相。

他们谈论把德彪西的作品改编成博莱罗舞曲的大胆举动,但其实在此之前他压根儿没留意到这件事。毫无疑问,他发现她精通音乐,可他只知道《蓝色多瑙河》。她告诉他自己正在读斯托克的《德古拉》。他在上学时就读过了,依然记得伯爵变成狗在伦敦着陆的情节。她深表认同,无法理解为何弗朗西斯·福特·科波拉[①]要在令人难忘的电影改编版里改掉这个

[①] 弗朗西斯·福特·科波拉(1939—),意大利裔美国导演、编剧、制片人,曾将《德古拉》改编成电影《惊情四百年》。其他代表作有《教父》《造雨人》等。

桥段。喝第二杯酒时,她感觉白兰地和杜松子酒在心中的某个部位交融,不得不打起精神来,以防失去理智。十一点时音乐停了下来,乐队等着他们离开,好关门打烊。

此时她仿佛已经很了解他了,就像他们一直生活在一起似的。她知道他仪表干净,衣品无可挑剔,指甲如涂过天然指甲油般整洁有光泽,衬出一双老老实实的手,还有一颗善良而怯懦的心。她发现只要用自己那双大大的黄色眼睛盯着他,他就会表现得十分拘谨,于是就一直盯着他看。她生出一种强烈的感觉,认定自己该迈出那一步,这是她这一生中连做梦都没想过的事,而她毫不遮掩地行动了:

"我们一起上楼?"

他慌了神。

"我不住在这儿。"他说道。

可她并未等他把话说完。

"但我住在这儿,"她说道,站了起来,艰难地摇了摇头，想清醒一点，"二楼，二〇三号房，在楼梯右手边。不用敲门，直接推就行。"

她上楼回到房间，体验到一种自婚礼之夜后就再未有过的愉悦的恐惧感。她打开风扇，但没有开灯，在黑暗中毫不犹豫地脱光了衣服，从房门到浴室将衣服丢了一地。打开梳妆台的射灯时，她不得不闭上眼睛，深吸一口气来调整呼吸的节奏，控制双手的颤抖。她快速清洗了私处、腋下和被橡胶鞋底折磨的脚趾，尽管下午出了一身汗，她还是想等明天再洗澡。没时间刷牙，她就往舌头上挤了一点牙膏，然后回到被梳妆台灯光斜照的房间里。

她没等客人推门，而是凭声音感觉到他来了，主动打开了门。他吓了一跳，但在黑暗中，她并没有留给他迟疑的时间。她迫不及待地帮他脱掉了外套，然后是领带、衬衫，隔着他的肩膀将它们扔到地上。与此同时，空气里渐渐弥漫淡淡的薰衣草香。男人一开始想要帮她，但她没给他机会。她脱掉他的上衣后就把他按坐到床上，然后跪下脱去他的鞋袜。他也同时解开了腰带扣袢和前门襟，于是她只轻轻一拉就把他的裤子脱了下来。钥匙、钞票、硬币和折刀散落了一地，谁都没有在意。最后，她帮他将内裤扯至腿间，发现他不像她丈夫——她此前唯一见过裸体的男性——一样享受这一切，但仍然镇定且坚挺。

她不允许他掌握任何主动权。她在上方侵蚀他的灵魂，独自吞噬他，心里却没在想他，直到两人都心生疑惑，大汗淋漓，筋疲力尽。她依然在上面，听着风扇那令人窒息的噪音，与良心中最初出现的犹疑抗争，直到发现他呈大字状被她压在身下呼吸不畅，这才平躺到他身侧。他一动不动，等到打起精神才问道：

"为什么是我？"

"一时兴起。"她说道。

"能让您这样的女人有兴致，"他说道，"是我的荣幸。"

"啊哈，"她开起了玩笑，"只是荣幸，不是高兴？"

他没回答，两人就那样躺着，感受灵魂的嗡鸣。幽暗的绿色湖光的映衬之下，房间显得格外美丽。一阵扑扇翅膀的声音传来。他问道：

　　"这是什么声音？"

　　她给他讲了蓝鹭夜间活动的习性。他们低语交谈，在平淡而漫长的一小时后，她开始用手指探索他的身体，缓缓地，从胸部至下腹。她又用脚拂过他的腿，发现他的皮肤上覆满浓密而柔软的毛发，就像四月的苔藓一样。后来，她再次用手指寻找那只休憩中的动物，发现它软软的，但依然有活力。他换了个姿势方便她抚摸。她用指腹辨认它：大小，形状，湿润的阴阜，柔嫩的龟头，下面边缘有类似缝合的褶皱。她一边摸一边默数针脚，他赶忙澄清她的猜想：

　　"我成年后接受了包皮环切术，"他叹了口气，补充道，"高兴，但这挺不常见的。"

　　"终于不只是荣幸啦。"她毫不留情地说。

　　她匆匆落下温柔的吻来缓和这气氛，吻他的耳畔、他的颈间，而他找到她的唇，两人第一次接了吻。她又开始寻觅它，发现这次它已经准备好了。她想再次突袭，可他向她证明了自己是个优雅的情人，慢慢将她提升至沸点。那样一双手令她惊讶，如此原始，却又能这般温柔，她试图用轻松的调情来抵挡攻势，但他坚定地将自己施加于她，以自己的喜好方式和意愿掌控着她，让她感到愉悦。

两点刚过，一声闷雷震动了房间，狂风猛地将窗闩推开。她赶忙前去关窗，借着第二道闪电照亮的那一瞬，她看到了泛起涟漪的湖面，雨帘后地平线上巨大的月亮，还有狂风中扑扇翅膀的蓝鹭。而他睡着了。

走向床边时，她的脚被衣服缠住了。她把自己的衣服扔回地上，等之后再收拾，但把他的外套搭到了椅子上，又把衬衫和领带挂了起来，还小心翼翼叠好他的裤子以免起皱，然后把钥匙、折刀和钱放到裤子上。暴风雨让房间里凉爽起来，于是她穿上了粉色的无袖睡衣,丝质面料让皮肤痒痒的。那个男人蜷着腿,侧身睡着,在她眼中仿佛一个巨大的孤儿,让她忍不住涌现一丝怜悯之情。她在他身后躺下,搂着他的腰,湿漉漉的身体焕发的微光唤醒了他。他发出一声沉重的喘息,又迷迷糊糊地睡去。她几乎没怎么睡,醒来时房间里只有电风扇的空转,屋里没有光亮,陷在炙热的黑暗中。这时他发出持续不断的呼噜声。出于恶作剧,她开始用指尖摩挲他。他一下子停止了打鼾,开始苏醒过来。她从他身边暂时离开,一把拽下睡衣。但她回到他身边时,发现自己的把戏不起作用了,她注意到他在装睡逃避,因为不想第三次取悦她。于是她又穿上睡衣,背对着他睡去了。

六点时,她被生物钟准时唤醒。她睡眼蒙眬地躺了一会儿,不敢面对太阳穴的刺痛和淡淡的恶心感,也不敢面对现实生活里毫无疑问正等待着她的、由未知引发的焦虑。伴着吊扇的噪音,她发现潟湖蓝色的黎明之中,房间内的一切已清晰可辨。突然,如同死神降临一般,她惊恐地意识到,此生第一次和丈夫之外的男人过夜发生了关系。她惊恐地转头看去,可他已经不在了。浴室里也没有他的身影。她打开大灯,发现他的衣服也不在原处了,而她乱丢在地上的衣服已经被他带着几近爱意的情感叠好放在了椅子上。直到这时,她才发现自己对他一无所知,甚至连他的名字也不知道,那个疯狂的夜晚留给她的,只有暴风雨净化之后的空气中依旧弥漫着的悲伤的薰衣草香。她从床头柜上拿起自己的书准备塞进行李箱,这时发现,在那本惊悚小说的书页中间,夹了一张他留给她的二十美元钞票。

2

她再也不是原来的她了。在回程的渡轮上，置身于一群对她而言永远是陌生人、甚至会突然使她莫名厌恶的游客之中，她隐约明白了这一点。她一向是个不错的读者，曾经差点取得文学艺术学位，认真阅读了必读作品，直到现在还会继续阅读那些最喜爱的作品：知名作家的爱情小说，越长越好，越凄美越好。她花了几年时间阅读各种类型的中短篇小说，依次看完了《小癞子》《老人与海》《局外人》。她讨厌那些流行读物，清楚自己没有时间追赶潮流。最近几年，她一直痴迷阅读超自然小说。但那一天，迎着太阳躺在甲板上，她连一个字也读不进去，脑海中都是前一天晚上发生的事。

港口上那些她在学生时代十分熟悉的纤细建筑，如今已被硝石侵蚀，显得陌生了起来。她在码头搭乘了一辆公交车，公交车和她上学时乘坐的那些一样破旧，车里总是挤满了贫民，收音机吵闹得像是在过狂欢节。但在那个闷热的中午，公交车给她带来了前所未有的不适感，乘客的低落情绪和体臭令她感到焦虑。她从小就喜欢逛混乱的公共集市，上周还带着女儿一起去那儿购物，毫无惊慌之感，而此时她却惶恐不安，就像是走上了加尔各答的街头，那里的垃圾清理工会在黎明时分用手杖敲打躺在人行道上的人，好分辨他们是在睡觉还是已经死了。在独立广场，她看到了三十年前立起的西蒙·玻利瓦尔骑马雕像，只是直到那一天她才留意到，雕像上的马腾空跃起，宝剑高举向天。

一走进家门,她就惊恐地问菲洛梅娜,她不在的时候发生了什么灾难:鸟儿没在笼子里歌唱,种植着亚马孙热带花朵的几个花盆也不在室内阳台上了,同时消失的还有悬挂着的蕨类植物和蓝色的藤蔓花环。一直在家里服务的女仆菲洛梅娜提醒她,依照她出门前的吩咐,那些植物已经被移到院子里去享受雨水的滋润了。然而,她还得花上几天才能意识到,真正变了的不是这个世界,而是她自己,她一直在生活着,却从没观察过生活,只是那一年从岛上回来后,她才开始用批判的目光审视自己的日子。

尽管她并没意识到造成这些变化的原因,可夹在书里116页的那张二十美元钞票应该与此脱不了干系。它带来一种难以忍受的屈辱感,使她得不到片刻安宁。她愤怒地哭过,因无法得知那个男人的名字感到挫败,恨不得杀了他,因为他玷污了那场幸福冒险的回忆。在海上航行期间,她同自己妥协了,那次无爱的逢场作戏只是她和丈夫之间的私事，但是她难以抑制二十美元代表的欲望，那张钞票就像一团炙热的炭火不停燃烧，与其说在钱包里燃烧，不如说在她心里灼烧。她不知道该把它当作战利品裱起来，还是该毁掉以平息怒火。在她看来唯一不妥的做法就是花掉它。

菲洛梅娜告诉她，已经下午两点了男主人还没起床，她的这一天被这个消息毁了。她记得这种事情从未发生过，除了个别几个星期六，他们一起熬了夜，第二天会在床上躺一整天。她发现他是因为头疼而精神萎靡。窗帘敞开着，下午两点的刺眼阳光直射进卧室里。她拉上窗帘，准备用亲切的问候帮丈夫打起精神，可就在此时，一个阴暗的念头阻止了她。她几乎不假思索地问出了那个最令她害怕的问题：

"我能知道你昨晚去了哪儿吗？"

他惊讶地看着她。哪怕在最幸福的婚姻关系中，这也算得上最常见的问题，不过在他们家里还是第一

次被提起。他的兴致盖过了不安,反问道:

"你是指去了哪儿还是跟谁在一起?"

她警惕起来:"你这话是什么意思?"

但他回避了这个问题,讲起昨晚和他们的女儿米卡埃拉一起度过的美妙的爵士乐之夜,然后转换了话题:

"对了,"他说,"你还没说你过得怎么样呢。"

她警惕地意识到自己不合时宜的问题可能会翻动他心中某种旧日疑虑的余灰。仅是这个念头就让她心生恐惧。

"老样子,酒店停电了,早上淋浴间又没水了,"她撒了谎,"所以我没洗澡就回来了,身上还带着两天的汗臭呢。不过海上倒是风平浪静,凉爽舒适,回来的时候我还在船上睡了一小会儿。"

他像往常一样,穿着内裤跳下床,走进浴室。他身材高大、健美,一眼看上去挺帅气。她跟着他走进浴室,两人继续交谈,他在雾气腾腾的淋浴间里,她则坐在马桶盖上,就像他们新婚时常做的那样。她又谈起他们那不听管教的女儿。女儿叫米卡埃拉,和被埋在岛上的外婆同名,女儿决意成为一名修女,可同时还和一个比自己年纪稍大的爵士乐演奏家谈着恋爱,两人经常通宵放肆玩乐。母亲一向不理解女儿,但那天下午令她更加困惑的是,为何丈夫也会同女儿一起去那群瘾君子音乐家的巢穴里疯玩。丈夫调侃她:

"你可别告诉我你是吃咱们女儿的醋了。"

如果她肯承认这一点,倒是会让她感到轻松不少,但她及时意识到那一天不是个谈情说爱的好日子。他在花洒下一边打着香皂,一边哼唱格里格[①]钢琴协奏曲的最初几个小节,突然间转过身来。

"你不一起来吗?"

她迟疑的原因只有一个,对于她这样慎重的人来

---

① 爱德华·格里格(1843—1907),挪威作曲家、钢琴家,代表作有《a 小调钢琴协奏曲》《挪威舞曲》等。

说，这是个很不错的理由。

"我昨天就没洗澡,"她说道,"现在臭得像条狗。"

"那就更该进来了,"他说道,"水很舒服。"

于是她脱掉了从岛上回来时穿的格子衬衫、牛仔裤和蕾丝内裤，把它们扔到脏衣篓里，然后钻进了淋浴间。他在花洒下给她腾出地方，像往常一样给她打起香皂，从脚到头，谈话也并未中断。

这么做并不新鲜，他们一直保持着恋爱时期的某些习惯，一同淋浴就是其中之一。起初他们这么做是因为上班时间一致，为避免谁先洗澡这一无休止的经典争吵，他们尝试一起淋浴。他们给彼此打香皂，有时爱意太浓，最终会演变成在浴室地面上翻滚缠绵，于是她买了一条丝质地垫，以免被暴风骤雨般的爱意弄伤背部。

婚后头三年里，他们按时作息，无论晚上上床还是早晨洗漱都准时准点，只有在例假和分娩时期才会神圣地破例。两人都看到了常规生活中隐藏的威胁，不约而同默契地决定往爱情里加点冒险。有一段时间，他们经常去汽车旅馆，最精致的和最简陋的都住过，直到一天晚上，他们在旅馆里遭到持枪抢劫，被抢了个一干二净。他们的想法时常出人意料，所以她养成了在钱包里夹放避孕套的习惯。有一次，他们偶然发现一个避孕套上印着句广告语："下次还买鲁特西安牌"。从此他们开启了一段新时期，每次做爱后，他们都要说一句令人愉悦的话作为奖励，从放肆的笑话到塞内加的名言都毫无顾忌。

随着孩子的降生和日程的改变，他们不再保持原先的愉悦步调，但只要有机会，他们就会将之重拾，那始终是一种欢快的爱，甚至连疯狂也在可接受范围内。哪怕在一些最不合时宜的场合，他们也能想方设法制造新意，直到激情消退，再次回归常规的生活。

他叫多梅尼克·阿马里斯，五十四岁，受过良好的教育，英俊潇洒，二十多年前就当上了省音乐学校的校长。他不仅是优秀的教师，还很擅长在沙龙里演出，是个画风多变的演奏家，能以肖邦的风格演奏阿古斯丁·拉腊的博莱罗舞曲，又能以拉赫玛尼诺夫的风格演奏古巴丹松舞曲，灵活应变来拯救一场聚会。大学时期，他是全能冠军：唱歌、游泳、演讲、乒乓球，样样在行。讲笑话方面没人比得过他，也没人像他一样熟悉那些奇怪的舞蹈，例如对舞、查尔斯顿舞和阿帕切人的探戈舞。他还是个大胆的魔术师，在省音乐学校举办的一场盛大晚宴上，他从汤锅里变出一只活蹦乱跳的公鸡，当时省长正揭开盖子准备给自己盛汤呢。人们原本不知道他会下棋，直到保罗·巴杜拉-斯科达在一场辉煌的音乐会后向他发起挑战，两人一直下到第二天早晨九点，十一局都打成平手。他好开玩笑的性格差点引发一场灾难，他曾说服双胞胎加西亚姐妹互换伴侣，两姐妹最后差点真的跟对方的男友结婚。那是他最后的恶作剧，因为两姐妹的男友和双方家人都永远没有原谅他。但安娜·玛格达莱纳适应了他，变得和他一样，他们彼此知根知底，融为一体。

他觉得自己正处于人生顶峰，想法不断涌现。他一向认为伟大音乐家的作品同他们的命运不可分割，他相信通过系统地研究大师的音乐与生平，自己的这一观点已经得到了证明。在他看来，勃拉姆斯最具灵感的作品是他的小提琴协奏曲，他不明白为什么勃拉姆斯没能像德沃夏克那样创作出大师级的大提琴协奏曲。他已经不再担任管弦乐队指挥，也不再听录制音乐，他更喜欢读乐谱，对他来说，有自己在省音乐学校推动开设的那些实验讲堂就已足够了。

他正在根据这些独创的、可能无法得到证实的标准编写一部教材，想以一种更具人文气息的新颖方式来教学生欣赏音乐，并以全然不同的心态诠释音乐。他已经差不多完成最主要的三个章节了：莫扎特和舒伯特，他们都是激动人心的天才，但人生短暂又不幸；还有肖松，在创作生涯的巅峰死于一场荒唐的自行车事故。

实际上，家里唯一让人操心的就是行为乖张的女儿米卡埃拉，那个迷人又任性的姑娘。女儿一心想说服父母相信这个时代的修女已经和以前大不相同了，并确信在第三个千年来临之际，连修女恪守贞操的誓言也会被废除。有意思的是，母亲的反对理由和父亲的不同。对父亲来说这不是什么大事，家里的音乐家已经太多了。连安娜·玛格达莱纳本人都曾经想学习吹小号，但没学成。全家人都很擅长唱歌。女儿的问题在于养成了夜不归宿的"幸福"习惯，这令母亲困扰不已。最要命的一次，女儿跟那个黑白混血小号手一起消失了一整个周末。没人报警，因为那群波西米亚年轻人圈里的朋友人人都知道他们在哪儿。不出所料：就在那座岛上。母亲后怕得很。女儿米卡埃拉试图宽慰她，于是特意给出一个不同寻常的理由：自己是到外婆的坟前献上一枝玫瑰。永远没人知道这话是真是假，母亲也没打算追究。她只是告诉女儿行动前应该先征询她的意见，因为有一点女儿还不清楚，她解释道：

"外婆讨厌玫瑰。"

多梅尼克·阿马里斯理解女儿的苦衷，但出于忠诚，他并没有挑战妻子的权威，在类似情况下，他总是保持边缘人的角色。还好，在之后的几个月里，除了周末，米卡埃拉顺从地没再熬夜。女儿经常在家里吃饭，每天打三个小时电话，晚饭后就把自己锁在房间里看电视里放的电影，电影里传来的喊叫声和爆炸声将整栋房子的漫漫长夜变得毛骨悚然。更让父母忧心的是，女儿在饭后闲聊中表现出了对文化时事的深入了解和成熟判断。此外，母亲偶然得知和女儿长时间通话的并不是搞爵士乐的男友，而是赤足加尔默罗会的一位答疑修女，庆幸情况比最糟糕的要好上那么一点。

一天晚上，安娜·玛格达莱纳在晚餐时突然表露了自己的担心，害怕女儿会在过完某个周末回家后带来怀孕的消息，米卡埃拉想要宽慰她，于是告诉母亲一个好消息：一位医生朋友已经在她十五岁时就为她

植入了某种绝对有效的避孕装置。母亲一向连说出"避孕措施"的勇气都没有,此时失去了理智,冲着女儿大吼指责道:

"婊子!"

怒吼之后的寂静在家里一连回荡了好几天。安娜·玛格达莱纳把自己关在房间里大哭了一场,与其说那是出于对女儿的怨恨,不如说是对自己冲动态度的羞愧。妻子哭泣的时候,丈夫表现得像个隐形人,因为他知道她心里清楚自己为何而哭,只不过他不知道其中的原因。

他的不安让她感到害怕,大家对她表现出的新态度让她心如死灰。她身上一向不乏争议,可她始终对此漠不关心,毫不在乎地抛之脑后。但那一年从岛上回来后,她总感觉自己的额头上出现了人人可见的污点,而那个深爱着她、同时也是她最爱的男人不可能察觉不到。多年来,夫妻两人的烟瘾都很大,每天要各抽两盒烟,可是他们因为爱而达成协议,同时戒了烟。然而自从岛上之旅后,烟灰缸的位置变了,空气净化器被偷偷开过,可烟草燃后的气味依旧弥漫,家里还有因为疏忽而忘记处理的烟蒂——他从种种蛛丝马迹里发现她重新抽起了烟。

她从岛上回来后,一切都变了。几个月过去了,她依然没读完博尔赫斯、比奥伊·卡萨雷斯和奥坎波选编的《幻想文学集》。她的睡眠质量很差,一大早就钻进浴室抽烟,然后打开水龙头冲掉烟蒂,不过他知道要是在五点醒来准会看到烟蒂漂浮在水面上。她不是为了抽烟才早起,刚好相反:她抽烟,是因为无法平静入睡。有时她会打开灯读几分钟书,然后把灯关掉,在床上辗转反侧,小心翼翼,生怕把丈夫吵醒。最后他终于鼓足勇气问出了口:

"你到底怎么回事?"

她干巴巴地答道:

"没事。为什么这么问?"

"抱歉,"他对她说,"但我没法假装注意不到你的变化。"最后,他巧妙地换了个问法:"我做错什么了吗?"

"我不知道,我没觉着有什么不对劲的。"她这样说道,态度让丈夫非常吃惊,"但也许你是对的。可能是因为米卡埃拉的事?"

"在那之前你就已经这样了,"他说道,然后鼓起勇气给出结论,"你从岛上回来之后就这样了。"

当最初的炎热于七月降临,她心中的蝴蝶就开始翩翩起舞,不让她在重返海岛前有片刻平静。那是漫长的一个月,因为不确定性而显得更加漫长。通常,那趟旅程和周末去海边一样简单,可这一年,她的心却被不安占据,她害怕与内心极力否认的二十美元的露水情人重逢。和往年不同,她这次没穿牛仔裤,也没带沙滩旅行箱,而是穿了一身两件套的纯色亚麻衫和一双金色凉鞋,还在手提包里准备了一套正装、一双高跟鞋和一套漂亮的祖母绿首饰。她觉得自己变了个人:焕然一新,活力四射。

3

她一上岛就发现自己常坐的那辆出租车破旧无比，决定换一辆带空调的新车。除了常住的那家酒店，她不知道还有什么别的住处，于是让司机载她来到新建的卡尔顿酒店，在前三次小岛之旅中，她透过荆棘丛般的脚手架眼见着这栋峭壁般的镀金玻璃建筑逐渐落成。在八月盛夏，她负担得起的房间稀少难寻，但这家酒店给了她一个不错的折扣，于是她住进了十八层楼寒冷的套房，从那里可以俯瞰加勒比海环形的海岸线、广阔的潟湖以及群山的轮廓。价格是她教师月薪的四分之一，但这里有华丽安静、如沐春天的大堂，随叫随到的便捷服务，这一切都给了她安全感。

从下午三点半抵达，到晚上八点下楼吃饭，她片刻也没有停歇。酒店里的花店卖的剑兰看上去很漂亮，但价格贵了十倍，于是她还是去了前两次买花的花摊。摊主上来就提醒她，不要去新修的墓园，那座墓园专为游客建造，宣传里号称是靠近湖泊、鸟儿成群的天然花园，园里不间断播放着音乐，但其实为了节省空间，尸体都是直立下葬的。

她在下午五点钟过后来到岛上的墓地，今年的阳光不像往年那样强烈。一些坟墓已被清空，道路两旁的生石灰堆里还散落着棺材的碎片和无主的骸骨。由于出门太急，她忘了带园艺手套，只好徒手打扫母亲的坟墓，同时向母亲倾诉这一年来发生的事。唯一的好消息来自她儿子，他将于十二月在交响乐团中独奏柴可夫斯基的《洛可可主题变奏曲》。她说自己奇迹般地挽救了女儿的声誉，不过并没有提及女儿的宗教志向，因为她认为这对母亲来说算不上什么好消息。最后，她忧心忡忡地向母亲坦白了自己一年前出轨的经历，一年来她始终把此事藏在心里，只为在这个时刻倾诉给母亲。她告诉母亲，自己对那个人一无所知，既不知道他的名字，也不了解他的为人。她深信母亲会给她送来认可的信号，便立刻等待了起来。她望向开花的木棉树，看枝条随风摆动；她望向天空、大海，看见从迈阿密来的飞机，此刻它正在无尽的天空中飞行，晚点了一小时。

　　回到酒店时，她衣服脏兮兮的，头发落满灰尘，她为此而感到羞愧。她的头发一向顺滑、漂亮，与她气质相称，她也就没费心打理，一年都没去过理发店了。如今一个油腻又爱卖弄的发型师接待了她，比起"加斯顿"这个名字，"纳喀索斯"[①]更适合他，他针对

[①] 希腊神话中最俊美的男子，因爱上自己的影子，最终变成水仙花，后以此人物象征自恋。

她的发型给出了各种诱人的建议，最后给她做了个贵妇式的发型，她之前在那些平凡的社交之夜也曾自己打理出过类似的发型，还犯不上听这么多花言巧语。一个亲切的美甲师用润肤霜帮她护理饱受墓地杂草折磨的双手。她感觉非常不错，许诺明年同一时间还会再来换个造型。加斯顿告诉她费用会记入酒店账单，她只需要额外付百分之十的小费就行了。多少钱？

"二十美元。"加斯顿说道。

她为这个不可思议的巧合而抽搐了一下，这可能就是她一直等待的母亲的暗示，除此之外大概没有别的解释了，母亲肯定是想终结她的风流冒险。她抽出那张在钱包底部燃烧了一年的钞票，将那团由陌生情人点燃的永恒火焰高高兴兴地递给了理发师。

"好好花掉它吧，"她高兴地对他说道，"它也有血有肉。"

对于安娜·玛格达莱纳·巴赫来说，那家怪异酒店里的其他神秘事件就没那么友善了。当她点燃一支香烟时，铃声和灯光系统突然失去了控制，一个霸道的声音用三种语言警告她这是无烟客房。她不得不寻求帮助，这才发现用门卡就可以打开灯光、电视、空调和背景音乐。有人教她如何操作圆形浴缸的电子键盘，以调节冲浪按摩的力度和情趣模式。她觉得异常好奇，于是脱掉了在墓地阳光下被汗水浸透的衣服，戴上浴帽保护刚做的发型，钻进了泡沫旋涡。她在幸福中拨通了家里的电话，对丈夫喊出了心里话：

"你绝对想不到我有多么想你。"

她如此激动，连电话那边的丈夫都感受到了浴缸中的激情。

"好家伙，"他说道，"你欠我一次。"

她下楼吃晚饭时，已经是晚上八点了。她本打算电话点餐，这样就不用换衣服了，但客房服务的额外费用太高，还不如去咖啡厅吃点便宜的。于是她换上紧身的黑色丝绸连衣裙，裙长过长，不合潮流，却和她的发型很配。低开的领口让她感觉有些不自在，但是项链、耳环和假祖母绿的戒指帮她提升了自信，也衬得她的眼睛更神采奕奕。

她在咖啡厅享用了加奶咖啡和火腿奶酪三明治。游客的喧闹和嘈杂的音乐吵得她不胜其烦，她决定回房间阅读约翰·温德姆的《三尖树时代》，这本书她已经读了三个多月了。大堂里的冷清气氛让她重新打起了精神，在经过舞厅时，她被一对娴熟地跳着《皇帝圆舞曲》的职业舞者吸引。直到演出结束，舞池被普通客人占满，她依然意犹未尽地站在门口。这时，一个充满男性魅力的温柔声音贴着她背后传来，将她从恍惚中拉了回来：

"要一起跳支舞吗？"

他靠得如此之近，她甚至感觉到剃须泡沫气味下隐藏着微弱的恐惧气息。于是她回头看着他，屏住呼吸。

"抱歉，"她慌乱地说道，"但我这身衣服不适合跳舞。"

他立刻给出了回应：

"跳舞的不是衣服，是您，女士。"

这句话深深打动了她。她下意识地用手抚了抚身体——领口整洁，乳房挺拔，双臂赤裸——以验证自己的身体是否真实存在。随后她再次转头，这次并非是想认识声音的主人，而是想用他所见过的最美的目光将他据为己有。

"您非常温柔，"她迷人地说，"现在已经没有男士像您这样说话了。"

于是他站到她的身边，慵懒地伸出一只手，无声地再次发出跳舞的邀请。安娜·玛格达莱纳·巴赫，在岛上孤独而自由的人，用尽全身力气紧紧握住那只手，就好像自己身处悬崖的边缘。他们以复古的方式跳了三支华尔兹。不出几个舞步，她就从他娴熟的技巧中猜出他是一个被雇来活跃晚间游客氛围的职业舞者，于是她任由自己被他指引着飞快转圈，不过始终与他保持着一定距离。他凝视着她的眼睛说："您跳起舞来就像个艺术家。"她知道这是事实,但也意识到他对每个他想带上床的女人都会说同样的话。在跳第二支华尔兹时,他想将她拉近一些,她却依旧保持距离。他心领神会,于是专注于舞蹈,指尖拈花般轻搂她的腰部。她则以同样的方式回应他。第三支华尔兹跳到一半时,她已经完全了解了他,仿佛他们已经认识很久了。

她从没想过长得这么俊俏的男人竟会打扮得如此老土。他皮肤苍白,浓密的眉毛下是灼热的目光,乌黑的头发因发胶而服帖,中分线条完美。生丝面料的夏季西服紧紧裹着他窄窄的臀部,使他看上去像个纨绔子弟。他身上的一切都和他的举止一样虚伪,但那炙热的眼神透露着对得到同情的渴望。

跳完华尔兹后,他把她引到一张偏僻的餐桌旁,事先没有告知她,也没有征询她的同意。没这个必要:她已经预料到一切,并为他点了香槟而高兴。昏暗的舞厅是创造丰富多彩经历的好地方,每张桌子都有独特的亲密氛围。他们在休息时欣赏着萨尔萨舞，看着那些放纵的舞者，她清楚接下来他只剩一件事要讲。时间过得很快。他们喝了半瓶香槟。十一点，萨尔萨舞结束，主持人高调地宣布埃莱娜·伯克将带来特别演出，这位博莱罗舞女王正在加勒比海地区进行精彩的巡回表演，而她只会在这个岛上特别演出一晚。女王就这样现身了，灯光闪耀，欢声雷动。

安娜·玛格达莱纳估计他的年纪不会超过三十岁，因为他不太擅长跳博莱罗舞。她沉着地引导他，而他紧跟她的步伐。她始终与他保持距离，这次并非出于礼节，只是不想让他察觉她血管里的血液正因香槟的作用汹涌澎湃。但他还是先轻柔地向她施压，然后用手臂全力搂住她的腰。她感觉自己的大腿触碰到了他预想的部位，他在借此划定领地。她的膝盖松弛了下来，她为此感到羞愧，并为血管中涌动的血液和无法抑制的剧烈呼吸暗自咒骂。然而，她最终克制住了，拒绝喝第二瓶香槟。他应该注意到了这一点，于是邀请她到沙滩上散步。她表现出怜悯而轻浮的态度来掩饰自己的不快：

"您知道我多大年纪吗？"

"我猜不出您的年龄，"他说道，"您说多大就多大。"

她厌倦了如此多的谎言，不必等他说完，她便清楚意识到自己身处两难的选择：要么现在就跟他走，要么永远错过机会。

"抱歉，"她站起来说道，"我得走了。"

他困惑地跳了起来：

"怎么了？"

"我得走了，"她说道，"喝香槟不是我的强项。"

他又提了其他一些天真的计划，他大概不知道，当一个女人决心要离开时，无论是人还是神都无法使她改变主意。最后他妥协了。

"我能陪着您吗？"

"不必麻烦了，"她说，"谢谢您，真心的，这是一个令人难忘的夜晚。"

她进电梯后就后悔了。她对自己感到无比憎恶,但做出正确的选择又使她快慰。她走进房间,脱掉鞋子,仰面躺在床上,点燃一支烟。火灾警报响了。敲门声几乎同时响起,她咒骂着这家酒店,在这里哪怕客人钻进私密的洗手间,规矩仍然追着不放。但是敲门的不是管理员,而是他。在昏暗的走廊上,他就像一尊博物馆里的蜡像。她把手放在门把手上,有那么一刻迟疑,最后还是让他进来了。他径直走进去,自在得就像回家一样。

"招待我点什么吧。"他说。

"您自便,"她放松地说,"我对这艘宇宙飞船的运转方式毫无头绪。"

相反,他无所不知。他调暗灯光,放起背景音乐,从迷你吧台里取出香槟,倒了两杯,娴熟得如同一个舞台剧导演。她加入了这场游戏,不是以她本人的身份,而是在扮演自己的角色。两人碰杯时,电话铃响了。她接起电话。酒店的一个安保人员友善地提醒她,如果没有提前在前台登记的话,午夜过后任何访客都不能在套房留宿。

"您不需要跟我解释,"她尴尬地打断了对方,"抱歉。"

她挂上电话,因为害羞脸涨得通红。他似乎听到了电话内容,找了个简单的理由对此加以评判:"都是些摩门教徒。"他不再拐弯抹角,直接邀请她去沙滩上一起观赏一小时十五分钟后的月全食。这对她来说倒是个新闻。她对月全食抱有孩童般的热情,但整晚她都在礼节和诱惑之间徘徊,到现在也没找到一个合适的理由做出决定。

"命运如此,"他说道,"我们逃无可逃。"

这种超自然的召唤打消了她的顾虑。于是他们开着他的豪华房车去看月全食,来到隐藏于椰林中的一片小海湾,那里没有任何游客的踪迹。城市的遥远光亮在地平线上隐约可见,天空清澈,星辰遍布,月亮孤独而悲伤。他把车停在几棵枣椰树的荫蔽下，脱掉鞋子，解开腰带，放倒座椅来休息。她这才发现房车里只有前排的两个座位，只需按下按钮，两个座位就会被放平变成床铺。车上还有一个简易吧台，一组正播放着法斯托·帕佩蒂的萨克斯曲的音响，一个小小的卫生间——其实就是深红色帘子后面安置的一个便携式坐便器。她这下全明白了。

"根本就不会有月全食。"她说道。

他向她保证的确公布过月全食的消息。

"不会有的，"她说，"只有满月时才会发生月全食，现在天上挂着的还只是个月牙呢。"

他不以为然。

"那就是日全食，"他说道，"这下我们有更多时间了。"

两人不再矜持。他们都知道将会发生什么，从他们跳第一支博莱罗舞起，她就明白了这是她期待从他那里得到的唯一不同的东西。这位沙龙魔术师的娴熟技法让她惊讶，他用指尖褪去她的衣服，几乎未曾触碰她的肌肤，就像是在剥洋葱一样。她在第一次冲击中感觉自己像头被肢解的小母牛，剧烈颤抖，疼得要命。她喘不过气，浑身被冰冷的汗水浸透，可出于原始本能，她不愿让自己显得不如他，也不愿让自己不如他享受，于是粗野的蛮力被柔情取代，他们一同沉沦于不可思议的快感中。她从未关心过他到底是谁，也没有去打探的想法，直到那个残酷的夜晚过去差不多三年之后，她在电视上认出了他的肖像，他成了被加勒比海地区警方通缉的可悲的吸血鬼，一个被指控欺骗无依无靠的寡妇进行卖淫活动的皮条客，还有可能是杀害其中两个寡妇的凶手。

4

这一年，安娜·玛格达莱纳·巴赫在搭乘渡轮前往小岛的途中就遇到了那个男人。当时正在下雨，大海似乎已进入十月，天气状况很糟糕。一支加勒比乐队从起航时就开始演奏，一群德国游客全程都在跳舞，吵闹不停。上午十一点，她在空无一人的餐厅重获安宁，想专心阅读雷·布拉德伯里的《火星编年史》。计划进行到一半，一声喊叫打断了她：

"今天是我的幸运日！"

是阿基雷斯·科罗纳多博士，一位极负盛名的律师，他们从上学时起就是朋友了，他还是她女儿受洗时的教父。此刻他张开双臂，艰难地迈着大型灵长类动物的步伐沿走廊走来。他搂着她的腰将她抱了起来，又用吻淹没了她。他的友好态度富有戏剧性，不免令人害怕，不过她知道那份喜悦是真诚的。她以同样的喜悦回应他，让他坐在自己身边。

"好家伙！"他说道，"我们原先只在婚礼和葬礼上见面。"

他们的确已经三年没见面了，两个人对此都心知肚明，她一想到他们四目相对时一定带着同样的惊愕神色，甚至吓了一跳。他还是像角斗士一样勇敢，不过皮肤粗糙如碎石，长着文艺复兴式的双下巴，几绺淡黄色的头发随海风飘曳。他们是在中学认识的，从那时起，他就是轻松开启恋爱的专家了，不过当时最大胆的行为也只是偷偷看一场下午六点的电影。他一辈子都在研究民法，而一段幸运的婚姻关系给他带来的金钱与声望，远比事业带来的更多。

他唯一的失败与安娜·玛格达莱纳·巴赫有关，十五岁时他第一次向她示爱，可她在那时就永远对他关闭了心扉。两人各自结婚生子后，他又展开了粗野而放肆的攻势，不讲感情，只想带她上床。她没当回事，一直用道德武器抵御他，但他依旧死缠烂打，甚至不停往她家送花，还写了两封热情洋溢的信。她的确被那两封信感动了，可依然坚定地不想毁掉生命中最美好的友情。

他们在船上再次相遇时，他显得无可挑剔，只要他想，他的表现就无人能及。她在码头上和他道别，因为他必须抓紧时间去办事，好乘坐四点的渡轮返程。她长舒一口气。她曾花好几个小时想象新一年八月十六日的样子，后来才明白了不容置疑的真理：为了一晚上的偶遇耗费剩余的人生等待一整年，这种做法太荒唐了。她觉得第一场冒险是溜到手边的偶然机会，只不过做出选择的是她，而在第二场冒险里，她成了被选择的一方。第一场冒险的回忆因二十美元变得不快，可是和那个男人共度春宵还算值得。相反，第二场冒险是一次超自然的快感的爆发，以至于在接下来的三天里，她一直敷药外加坐浴，因为腹部持续有种火烤般的灼痛。

至于酒店，她一直住的那家显然是最好的选择，那里的一切都和她一样易于掌控，只是有被人认出的风险。在第二场冒险时住的酒店带有压抑的现代风格，但遵守着中世纪的伦理道德标准。毕竟，在那样浮华的酒店里，要是晚上穿错衣服，那么露水情人留下的就不是二十美元钞票，而是一百美元了。因此她决定在这第三场冒险中做自己，按照自己的风格穿衣打扮，抓住自由选择的权力，而不是将它交给命运。她记起了第一个男人，因为接触不多而对他产生了些许宽容。她觉得那些伤疤已经开始愈合，满心希望能够再次遇到他，把他带上床，这一次定要抛开恐惧，不慌不忙，如老情人般自信、有创造力。

她换了出租车司机，并在司机的帮助下选择了一家位于巴旦杏树林中的乡村木屋酒店，那里有一个巨大的院子供客人跳舞，还摆着一些餐桌，广播不断宣传着伟大的古巴歌手塞丽娅·克鲁兹将在此进行特别演出。安排给她的小木屋私密又凉爽，床舒适而宽大，能睡下三个人，而且被树木环绕，让她觉得这个位置再好不过了。一想到要和那位梦中情人共度良宵，她心中的蝴蝶就开始翩翩起舞，让她难以忍受。

墓地里还在下小雨。她注意到已经有人清理了坟墓上的杂草，修整了道路，把棺材碎片和无主的遗骸收走了。她详尽地对母亲讲述丈夫如何在音乐学校度过了不错的一年，尽管市里财政吃紧，他还是取得了成绩，她还提到儿子在管弦乐队里的进步和他们为阻止女儿进入修道院而做的徒劳的努力。

在返回酒店的路上，她在一家旅游纪念品商店里看到一件瓦哈卡无袖衫，似乎很适合在当天晚上穿。她觉得自己拥有绝对的掌控力。她毫无惊喜地读完了《火星编年史》里的第三个故事,给丈夫打了电话,两个人充满爱意地互相打趣。她洗了澡,穿上那件无袖衫,在镜子里看着如此美丽而自由的自己,就像阿兹特克女王一样,只是那双漆皮鞋和这身装扮不太搭。她觉得光脚最适合搭配为今夜准备的这身华丽装扮,但不敢真的这么做。于是她带着稍纵即逝的沮丧心情来到舞池,确信自己会有一场偶遇。

巴旦杏树看上去就像挂满彩色灯带的圣诞树,院子里气氛活泼,有各种发色的年轻人,有些金发姑娘和黑发小伙在一起,还有些表情顺从的老夫老妻。她坐在一张偏僻的桌子前,却始终保持警觉,这时身后有一双手遮住了她的眼睛。她饶有兴致地摸了摸那双手,一下子就摸到了那人左手腕上戴着的金属手表和无名指上的婚戒,但是她不愿冒险说出任何名字。

"我认输。"她说。

是阿基雷斯·科罗纳多。他把回程的时间推迟到了第二天,他觉得既然两人在岛上都是独身一人,那么各自吃晚饭就不太合适了。他不知道她住在哪家酒店，但是她的丈夫在电话里告诉了他，丈夫也很赞成他们两人共进晚餐。

"分开后我连一分钟也平静不下来，但现在我回来了，"他高兴地总结道，"这是属于我们的夜晚！"

她感觉世界在自己脚底下沉，不过依然保持冷静。

"我看你在船上的状态很不错，"她带着精心设计的优雅态度说，"不过现在看上去，你是越老越糊涂了。"

"没错，"他说，"但是你不知道我现在有多么高兴。"

她不想喝香槟。她借口说渡轮上的午餐让她头痛欲裂，现在那股恶心劲儿还没退去。他点了两杯加冰威士忌。她忍受着一切，像吞毒药一样吃了片阿司匹林。

开场节目上的三人乐队熟练翻唱着潘乔乐队的歌曲。不过没人在意这三个人，阿基雷斯·科罗纳多更是如此。从青少年时期就在他心中膨胀的激情于此刻涌现，他在幽暗的环境中与妻子做爱时，只有心里想着安娜·玛格达莱纳·巴赫才会感到幸福。她想拖延时间，便开始给他劝酒。她知道这不是什么好酒，随着一杯又一杯威士忌下肚，他会被无可挽回地拖入深渊，而她将任由他一个人大醉。他清楚她永远不会发善心满足他，仍然向她恳求一分钟时间，只要一分钟，让他们到床上去，让他亲吻衣冠整齐的她。虽然不知道该说些什么，但她最后还是开了口：

"孩子的母亲和教父发生关系，这可是大罪过。"

"我是认真的，"他被这句玩笑话伤到了，捶了一下桌子，"妈的！"

她勇敢地直视他的眼睛，通过声音察觉出他要哭了，而他真的大哭起来。于是她不发一言，起身回到房间，也愤怒地扑到床上哭泣。

等到她恢复情绪，已经十二点多了。她的头很疼，但她更心疼这个被浪费的夜晚。她稍微收拾了一下就出门了，准备将这个夜晚重启。需要早起的游客已经离开了院子，她坐到正对院子的吧台凳上，点了杯加苏打的杜松子酒。这时来了一个双性人，人造肌肉发达，戴着金链子和金手镯，一头金发，被太阳晒得通红的皮肤上涂了身体乳。他到吧台点了杯闪着磷光的饮料。她自问是否愿意向酒保示好，酒保年轻，身材也不错，可对自己说不行。她又自问要不要去街上拦车，直到找到那个愿意为她带来幸福八月的人，答案还是一样：不行。错过这一夜就意味着错过一整年，但此时已经是凌晨三点了，别无选择：她已经错过它了。

在这三年里，她和丈夫的关系发生了诸多明显的变化，她通常会用从岛上返回时的情绪来解读那些变化。那个留下二十美元的男人带来的回忆让她心生苦涩，但也让她睁开眼睛观察起自己的婚姻生活，在此之前，她和丈夫的婚姻靠传统意义上的幸福感来维持，他们往往会回避分歧，以免受到伤害，这实际上跟把垃圾藏在地毯下面的做法没什么分别。那时的他们是最幸福的。两个人无须交谈就能理解彼此，因为恶作剧大笑不止，时常像慌乱的年轻人那样做爱。

女儿的归宿问题慢慢以一种简单的方式解决了。他们举办了一场私密的晚宴为她送别，那个爵士乐手和他的新女朋友也受邀参加了。他和多梅尼克用萨克斯与钢琴即兴合奏了巴托克·贝拉的作品，当然经过了个性化的改编，所有人都因此对他一见如故。

女儿在修道院的常规弥撒中加入了赤足加尔默罗会。安娜·玛格达莱纳和丈夫穿得像是在参加葬礼，而米卡埃拉迟到了一个小时，整晚未眠，穿着母亲的那件无袖衫和她常穿的网球鞋，手提包里装着化妆品和大家在最后时刻送给她的范·莫里森的唱片。神父皮肤发黄，一只胳膊上打着石膏，看上去还是小伙子，他跟她进行了一场诙谐的谈话，还给了她最后一次反悔的机会，以防她志向不坚定。安娜·玛格达莱纳本想含泪送别女儿，可在这样传统的氛围中，最终未能如愿。

第三次岛屿之旅后，生活变了。回家后，安娜·

玛格达莱纳发现丈夫开始询问她在岛上过夜的情况了。他第一次想知道她见了谁。她本可以把与阿基雷斯·科罗纳多博士见面的全程告诉丈夫，毕竟丈夫早就知道博士对她发起的那些情感攻势，可她还是及时打住了，因为不想让丈夫有更多空间去想象她在岛上度过的那些夜晚。

他们的爱情也变了。在床上，原本挑逗又顽皮的多梅尼克变得冷淡又神经。她并没有把原因归到年龄上，而是觉得丈夫开始怀疑她的岛屿之夜。不过在经过更为审慎的思考后，情况发生了转变，她反倒怀疑起丈夫，觉得是他在外面偷偷拈花惹草了。

安娜·玛格达莱纳也不是没有迁就过他，曾经连性格都变得和他一样，而他如此了解她，两个人几乎融为一体。早在结婚之前就有人提醒她警惕男方的为人，特别应该警惕他的吸引力和极具破坏性的调情能力——尤其是对他那些学习音乐的女学生来说——而她选择无视流言，也不让怀疑扭曲心态。但在订婚之后，她还是没忍住，问了他相关的事情，他自然全盘否认。他戏称自己还是处子，可他讲得太像真的，她相信了，就那样和他结了婚。对此她从未动摇，直到他们的女儿出生前，有一次一个多年未见的中学女同学在公共厕所里问她，她是怎么让她的丈夫跟那个少女情人分手的。她毫无缘由地同那位朋友断绝了关系，不仅将之从自己的生活中抹除，还同自己最好的几个女性朋友疏远了。

她当时信任丈夫的理由似乎不容置疑。尽管离分娩已经不足两个月，他们做爱的频率和激情并未减少。所以从生物学的角度来看，在满足过她妊娠期的强烈欲望后，他已经不可能有余力到另一张床上大展雄风。可既然流言依然存在，她就把那个烫手山芋交到了他的手上，还抛出了一个致命的定理：

"无论我听说了你的什么事，过错都在你。"

自那时直到第三次旅行归来后，再没发生什么特别的事情，她通过怀疑他不忠以安抚自己的良心。迹象很明显。多梅尼克从音乐学校下班后还会在外面逗留许久，一回家就直接去浴室里喷香水，不和任何人打招呼，肯定是在用她熟悉的乳液味道来遮盖别人的气味，在谈到他去了哪儿、做了什么事、和谁在一起时，他总能给出过于细致的解释，哪怕根本没人问起这些事情。一天晚上，丈夫在社交晚宴上的演出大获成功，她决定出击。他当时正在床上读《女人心》的乐谱，她则刚刚读完从岛上就开始读的《恐怖部》。她关掉身边的床头灯，什么也没说就翻身面向墙壁了。他感到有些好笑，对她说道：

"晚安，女士。"

她这才发现自己跳过了睡前仪式，于是赶忙弥补过错。

"啊，抱歉，亲爱的。"她说道，然后照惯例给了他一个晚安吻。他看着乐谱小声视唱，不想吵到她。

她一直背对丈夫，突然开口说道：

"多梅尼克，就这一次，对我讲真话吧。"

他知道当她说出自己的名字，狂风骤雨就要来了，他保持一贯的镇定态度，立刻问道：

"什么事？"

她直入主题：

"你有多少次对我不忠？"

"不忠，从未有过，"他说，"不过如果你想问我是否和别的女人睡过觉的话，很多年前你就对我说过你压根儿不想知道这些事情。"

不仅如此：他们结婚时，她曾对他说过，她不在意他和别的女人上床，但不能是同一个女人，换句话说，他只能跟同一个女人睡一次。但是在这个需要真相的时刻，她用胳膊肘顶了他一下，把之前的话全盘推翻了。

"那些话听听就行了，"她说，"你照做可不行。"

"如果我说从没有过，你肯定不相信，"他说，"如果我说有过，你又肯定受不了。这怎么办？"

她明白男人想给出否定答案的时候是不会这样拐

弯抹角的，于是她脱口而出：

"那个幸运儿是谁？"

他语气自然地说：

"在纽约遇到的一个女孩。"

她开始抬高音量：

"那是谁呢？"

"一个中国姑娘。"他说道。

她感到自己的心如拳头般攥紧，为自找的无用痛苦感到后悔，尽管如此她还想继续追问。相反，对他来说，最糟糕的事情已经过去了，他刻意做出不情愿的表情，把一切都告诉了她。

那是大约十二年前发生的事了，在瓦格纳音乐节期间的一个周末，他和交响乐队的其他成员住在纽约的一家酒店里。那个中国姑娘是北京交响乐队的首席小提琴手，和他们住在同一层。他讲完之后，安娜·玛格达莱纳无比心痛。她真想把这两个人都杀了，并非仁慈地一枪解决，而是用火腿切片机把他们的肉削

成透明的薄片。尽管心痛,她还是挤出了另一个让她好奇的问题:

"你给她付钱了吗?"

他说没付钱,因为那个姑娘不是妓女。她态度强硬:

"如果她是妓女的话,你会付多少钱?"

他认真想了想,却不知道该怎么回答。

"别跟我装傻,"她说,声音因愤怒变得嘶哑,"你觉得我会相信男人不知道在酒店里召妓要花多少钱吗?"

他表现得很真诚。

"可我真的不知道,"他说,"尤其对方还是中国来的。"

她继续带着难以忍受的烦躁逼问他:

"这么说吧:如果她人很好,跟你处得也不错,你想给她留个好印象,那么你会往她的书里夹多少钱?"

"书?"他有些惊讶,"妓女不读书。"

"给我个答案，浑蛋，"她说道，竭力不让自己爆发，"假设你觉得她是妓女，而且你离开的时候不想吵醒她，你会留多少钱？"

"毫无想法。"

"二十美元？"

他因这个朦胧的问题而感到困惑。

"我不知道，"他说，"不过按照十二年前的生活水平来看，大概这个数额已经不少了。"

她闭上眼睛，调整呼吸，不想让他察觉自己的怒意，又出人意料地问道：

"那么她水平怎么样？"

他忍不住笑了起来，她也跟着笑了。但是她立刻忍住了笑，闭上眼睛，不让眼泪流下。

她一只手按住胸口说："我笑了，但永远不想让你体会我现在的心情。心如死灰的感觉。"

他试图用一首原创的曲子来拯救这个糟糕时刻。她则努力想要睡去，但睡不着。最后她大声发泄了出来,好让已经睡着的他听到。

"去他妈的!"她说,"所有男人全一个样,都是臭狗屎。"

他不得不忍气吞声。他本欲奋起反击,但生活教会了他一个道理:当女人说完她想说的最后一句话,其他所有的话都是多余的。所以他们再也没提起这件事,当时没提,以后也不会再提。

5

  下一年八月十六日的晚上,命运已经为她做好了安排。她发现岛上正在召开世界旅游大会,变得一片混乱,酒店里连一个空房间都不剩,海滩上到处都是露营帐篷和移动板房。她找了两个小时,都没找到能凑合过夜的地方,便又来到已经被她遗忘的议员酒店,那里已经翻新过了,干净了许多,价格也更高了,但之前的老员工已一个不剩。

  谁都没法帮她找到空房。更何况一位外表让人肃然起敬的客人正愤怒地抗议，他两次提交客房预订单都得到了确认，可是现在入住名单上没有他的信息。他像尊贵的领袖一样镇定自若，声音缓慢、温和，有种笑里藏刀的惊人天赋。酒店前台唯一的接待员正试着打电话帮他在另一家酒店订房间。那位客人急于把怒意传达给别人，于是转向安娜·玛格达莱纳。"这座岛太混乱了。"他说，同时向她展示了自己经过确认的预订单。她没戴眼镜，看不清上面的字，但能理解他的怒意。最后，接待员用一个好消息打断了他们：有家二星酒店里还有一个空房，房间干净，酒店的位置也不错。安娜·玛格达莱纳急忙问道：

"还有多余的房间给我吗？"

接待员打电话咨询，没有空房了。那位男客人用左手拉起行李箱，右手抓住安娜·玛格达莱纳的胳膊，他的动作显得异常亲密，让她有种被冒犯的感觉。

"跟我来，"他对她说，"我们去那儿看看情况。"

他们坐上一辆新车，他开车驶上沿湖的路。他说他喜欢议员酒店。

"我也喜欢,因为有湖,"她说,"不过我发现酒店重新装修了。"

"两年前装修的。"他说。

她发现他是岛上的常客,于是说自己从几年前开始也经常来岛上,到母亲坟前献上一束剑兰。

"剑兰?"他吃惊地问道,因为他从来没注意到岛上长着这种花,"我以为只有荷兰才有那种花。"

"那是郁金香。"她纠正了他。

她对他解释说剑兰并不常见,有人把它带到了岛上,后来这种花就在沿海一带和内陆一些村子里变得有名了起来。她最后总结,剑兰对她非常重要,要是哪一天这种花消失了,她是会雇人种植的。

天下起了小雨,不过看上去不会下很久。他却不这么认为,因为八月的天气似乎一向变幻莫测。他从上到下打量她,她还穿着渡轮上的那套便装,他觉得拜访墓地还需要准备些其他东西。但她让他放心,说她已经习惯了。

他们必须沿湖开车来到贫瘠村子的村口，才能抵达酒店。那里环境凄凉，毫无疑问是个无须查验身份的混乱地方。拿到房间钥匙时，他明确表示应该是两个房间。

"抱歉，"门房心不在焉地说，"两位不是一起的吗？"

"这位是我太太，"男客人用一贯的优雅态度说，"不过我们都有洁癖，喜欢分开睡。"

她顺水推舟：

"离得越远越好。"

门房承认房间里的床不算很宽大，不过可以再加一张床。男客人含糊其词，她挺身帮他解了围。"如果您听过他打呼噜的话，就不会提这种建议了。"她对门房说道。

门房说了句抱歉，查看了挂在木板上的钥匙，他们则偷偷庆祝自己的小把戏，最后门房说可以再安排一个房间给他们，不过两个房间不在同一楼层，一个在二层，一个在四层，而且不是湖景房。他们乘电梯上了楼，没有行李员随行，因为两个人的行李都很便携。她住进了二层的房间，因认识了一个如此绅士的男人既感激又高兴。

房间不大，有种轮船寝舱的氛围，却摆着一张能睡下三个人的大床，这似乎是这座小岛的特色。她打开窗户通风，此时才发现自己是多么想念自由八月的鲜花和湖边的蓝鹭。雨还在下，她坚信雨会停，而她也能在六点前到达墓地。

一切如她所料，尽管她花了一个多小时寻找剑兰，最后才在教堂前的一个摊位上找到了。因为路况糟糕，载她去墓地的出租车无法开到山顶，司机唯一能答应的就是在一个拐弯处等她回来。她突然发现等到这一年的十一月二十五日自己就要年满五十周岁了，这是她最害怕的年纪，比她母亲去世时的年纪小不了多少。在等待雨停时，她观察着自己，就像几年前曾经做过的那样，随后她哭了起来，自从她在母亲的坟前放上第一束剑兰开始，她就经常这样哭泣。但哭声似乎抚平了天空的坏情绪。天立刻放晴，她将花摆到坟前。

她回到酒店，满身泥泞，心情糟糕，确信自己又失去了一年，因为她觉得哪怕来到已被雨水冲刷成可怕泥潭的海边拦车，也找不到这一晚的情人了。什么也没改变。淋浴间没有喷头，水龙头很细，在迎着细小的水流为身体打香皂时，她觉得自己十分孤独，没有一个肯怜悯她的男人，于是又哭了。但是她没有放弃：无论如何她都要出门，看看这个糟糕的夜晚会带来什么。她挂好衣服，把书放到桌子上。是丹尼尔·笛福的《瘟疫年纪事》，她躺在床上阅读，打算到时间了就去酒吧。然而命运的一切安排似乎都旨在让她不幸。淋浴房里细小的水流让她感到更加凄苦，对丈夫的痛恨之情震撼着她，那种恨意如此强烈又冰冷，连她自己都害怕。电话铃响起时，她已经屈服于在那狗屎一样的夜晚独自睡去的悲惨命运了。

"晚上好。"她一下子就听出了那个爽朗的声音。"我是您住在四层的朋友。"他换了种语调又说道:"我一直在等,哪怕有一个出于善心的答复也好。"他沉默了好一会儿,又问道:"您没有收到花吗?"

她没明白对方的意思,正欲发问,目光无意间扫到了梳妆台边的椅子上随意摆着的一束绚丽的剑兰。那个男人解释道,他在酒店里会见几个客户时偶然发现了那束花,自然就想到可以把花送给她,由她放到母亲坟前。她并没有发现花是什么时候送来的,大概是她还在墓地的时候,或是更早之前,没什么好奇怪的。突然,他漫不经心地问她:

"您准备在哪儿用晚餐呢?"

"我还没想好。"她说。

"不要紧,"他说,"我在楼下等您想一想。"

又是一个挫败的夜晚?她心想,和另一个阿基雷斯一起度过?算了。

"真遗憾,"她说,"我今晚有约了。"

"是啊,真遗憾。"他答道,情感真挚。

"下次吧。"她说。

她到镜子前梳妆打扮。她想起和阿基雷斯·科罗纳多一同度过悲伤夜晚的地方,但雨下得更大了,能听到狂风在湖面呼啸的声音。不过突然间,她对自己喊叫道:"上帝啊!我太残忍了!"

她跑向电话,拨通了住在四层的男人的房间号码,后来她想起自己当时着急的样子,还会感到害羞。

"太走运了!"她不假思索地说道,"我的约会刚刚因为大雨而取消了。"

"走运的是我,女士。"他说。

她再无迟疑。她没选错,那是个难忘的夜晚。

一切比安娜·玛格达莱纳·巴赫想象中的更加难忘。她花了额外的时间打扮自己,而那个男人身穿丝绸短衫、亚麻长裤和白色休闲鞋在电梯口彬彬有礼地等待。她对他的第一印象得到印证,他很有魅力却表现得不自知,这也是他的一大优点。他开车带她去了一家远离旅游景点的餐厅,餐厅在一大片灯光闪烁的巴旦杏树下,那里还有一支乐队,他们的演奏更适合让人做梦,而非为舞蹈伴奏。他大气地走进餐厅,被当成老顾客好好招待,而他也确实表现得像个老顾客。在灿烂夜晚的衬托下,他的举止显得更加优雅。他刚喷过古龙水,身上散发出独特的气味,他的谈吐流畅又风趣,却让她感到有点失落,因为她觉得他说话不是为了倾诉,而是为了掩饰。

她惊讶地发现他对酒水并不了解,他等她点完常喝的杜松子酒,然后随便点了一个牌子的威士忌,可是整晚连一口都没喝。他不吸烟,却随身携带一小盒金色卷烟纸的埃及香烟,只为敬烟。他对美食的艺术也没什么研究,所以交给服务生做决定。不过最让人惊讶的是,尽管有如此多缺点和谬误,他却丝毫没有失去魅力,哪怕在他接连讲了两三个不好笑的笑话时也是如此，他讲笑话的水平很一般，她完全没理解笑点何在，只出于礼节笑了几声。

当乐队演奏阿隆·科普兰的作品为舞蹈伴奏时，他坦言自己对音乐一窍不通，所以也没什么感觉，但他大胆地接受了她的跳舞邀请。他一步也没踩准节奏，可她引导得很好，让他觉得是他自己在进步。在吃甜点时，她感到十分无趣，咒骂自己软弱，尤其是看到一个她闭着眼睛也会选择的男人从身边经过的时候，这种感觉更为强烈，相比之下她的同伴如此正派，连跳舞时也没敢越雷池半步。尽管她感觉不错，也的确受到了很好的款待，但这一晚似乎没有什么可期待的了。

吃完甜点后，他就立刻开车把她带回了酒店，一路上他一言不发，只是入神地注视着在虚幻月光下沉睡的大海。她没有打扰他。已经十一点十分了，连酒店里的酒吧应该也已经关门了。最令她恼火的是自己完全没有理由责备同伴，他唯一的过错就在于完全没打算诱惑她，他没有恭维她那双如母狮般明亮有神的眼睛和流利的谈吐，也没有赞许她对音乐的理解。

他把车停在酒店的院子里，陪她乘坐电梯，一声不响地一直送她到房间门口。她插了半天钥匙，最后他接过钥匙，用几根手指的指尖开了门，他没有接到邀请，也没征询许可，就径自走进房间，像回到自己家一样，仰面躺到床上，发出了一声灵魂的叹息：

"这是我一生中最棒的夜晚！"

安娜·玛格达莱纳惊呆了，无所适从，直到他默默向她伸出了手。她把手递给他，躺到他的身边，心跳加速，茫然无措。他给了她一个纯洁的吻，那个吻直击她的心灵，随后他一边无比熟练地用手指一件件脱下她的衣服，一边继续吻她，最终两个人一同沉入幸福的深渊。

安娜·玛格达莱纳在昏暗的黎明时分醒来，精神恍惚。她不知道自己身在何处，也不知道和谁在一起，直到看到身边那个全身赤裸的男人才回过神来。他仰面睡着，双臂交叉放在胸前，像在摇篮里沉睡的婴儿般呼吸。她用纤细的食指触摸他饱经风霜的粗糙皮肤上的卷曲毛发。他的身体并不年轻，不过保养得很好，他享受着爱抚，却并未睁开眼睛，依旧如前一晚那样有自制力，直到被爱意搅得心神不宁。

"现在说点严肃的，"他突然发问，"你叫什么名字？"

她反应迅速。

"佩尔佩图娅。"

"那是被母牛踩死的可怜圣徒的名字。"他立刻说道。

她吃了一惊，问他是怎么知道的。

"我是个主教。"他说道。

一阵死亡般的窒息感向她袭来。她立刻回顾了晚餐时的经历、他朴素的喜好和浮夸的谈话，发现根本找不到任何质疑这一回答真实性的依据。甚至这也完全证实了她在晚餐时对他的看法。他注意到她沉默了，于是睁开眼睛，好奇地问道：

"你对我们有意见吗？"

"对谁有意见？"

"主教。"

他因她对玩笑的反应哈哈大笑，不过很快就意识到这是个糟糕的玩笑，于是赶忙用绵长的悔恨之吻覆盖她的身体。也许是为了表示忏悔，他讲述了自己目前的生活状况。他做过许多工作，没有固定居所，因为他的主业是为一家位于库拉索岛的公司推销海上保险，所以每年都要来这座岛好几次。一开始，她感觉自己被他强烈的信念感征服了，最后自己的想法还是占了上风：已经没有时间让她享受第三次幸福。

"我要赶不上船了。"她说。

"不要紧，"他说，"我们明天一起走。"

他许诺会让她度过难忘的一天，还许诺了未来诸多幸福的日子，因为他每年至少要来岛上两次，可以将其中一次永远安排在八月。她听着，感到有些焦虑，他的话可能是真的，但她也有办法证明自己不是他想象中那种随便的女人。她突然意识到自己真的有可能赶不上渡轮了，于是赶忙跳下床，急匆匆地吻了他一下，作为道别。他一把抓住了她。

"那么，"他坚持问道，"下回什么时候见？"

"再也不见了，"她答道，心情大好，留下最后一句，"这是上帝定下的法则。"

她踮起脚跑向浴室，而他刚穿好衣服，她压根儿没听他抛来的种种承诺，直接锁上了门。他没等她洗完澡，就敲响了浴室门打算道别。

"我在你的书里留了点纪念。"他对她说道。

她有种不祥的预感。她不敢说谢谢，也不敢问他到底留下了什么，因为她害怕听到答案，但一听到他关门离开的声音，她就赤裸着身体、带着一身肥皂沫跑了出去，只为查看放在床头柜上的书。真是虚惊一场！他留了张名片，上面有找到他所需的一切信息。要是换成其他男人，她肯定会立刻把名片撕掉，可这次她没这么做，而是把它夹回了原处，打算以后再藏到另一个安全的地方。

6

那是加勒比海式八月中一个典型的星期三,海洋在沉睡,海鸥掠过,带来一阵微风。安娜·玛格达莱纳·巴赫把躺椅搬到渡轮的护栏边,翻开了丹尼尔·笛福的书,正是夹着名片的那页,但是她无法集中精力阅读。这时她发现前一晚那个男人的真实信息毫无吸引力,荷兰名字,荷兰国籍,一家总部设在库拉索岛的技术服务公司的地址和六位数办公电话。她反复看着那张名片,试图想象带来幸福一夜的那个幽灵在现实世界的生活。但在第一场冒险后,她就变得谨慎起来,绝不允许家中留下任何可能引起丈夫怀疑的蛛丝马迹,于是她撕碎名片,把它撒进海鸥特意送来的微风中。

那是一次启示般的回归。从下午五点走进家门的那一刻起,她就发现自己与家人相处时开始感到相当不自在。女儿已经融入修道院的生活,却并未改变天性,渐渐地,她同父母一起用餐的次数越来越少了。儿子身边的恋人换个不停,他又忙着在世界各地进行演出,几乎没有空闲时间。丈夫既是工作狂又是万人迷,只是偶尔才回家和她欢爱。然而对于她来说有个最奇怪的悖论:她曾在为数不多的岛屿之夜里有过几位露水情人,其中却找不到一个可靠的伴侣,这让她对那座小岛的执念竟开始慢慢变淡了。最让她焦虑的不是怀疑丈夫不忠,而是害怕他知道自己在岛上度过的几个夜晚都做了什么。因此她很少对他说起一年一度的旅程,生怕他想陪她一起去,或是引起他的怀疑。男人通常没那么容易起疑心，可一旦男人开始怀疑，往往就会直击要害。

在从前单纯的岁月里，两个人都既没有时间也没有机会背叛或怀疑，她严格计算月经周期，好规划性生活。他们离开所在的城市时，她总会在包里装上避孕套，以备不时之需。可是这一次，当他带着放肆的爱意到来时，她却感到心中一阵刺痛，她突然心烦意乱，不禁怀疑起丈夫在这一年里的行为，甚至怀疑起他在两人的往昔岁月中的行为。她不断监视他，仔细翻看他的衣裤口袋，第一次闻了他扔在床上的穿过的衣服。从五月起，她就开始不安，焦虑难忍，梦到了前一年的情人。她又一次责怪自己把那人的名片撕碎，因为失去他后，她已经无法感受幸福了，哪怕是上了岛也体会不到。她的不安情绪太过明显，连丈夫都直截了当地指出：

"你不对劲。"

恐惧加重了她的失眠，她睁眼到天亮，似乎也没有意识到,自从最初几趟旅程以来,她的身上出现了多么大的变化。她从未想过与岛上的某个露水情人偶遇的风险,直到在某个糟糕的夜晚,在一场婚礼晚宴上,喝醉的老友阿基雷斯·科罗纳多抛出了几句毫无风趣可言的暗示,超过四个同桌友人没费多大力气就破解了。而在一天中午,当和三位女性朋友在城里最负盛名的餐厅吃午饭时,有两个男人在一张偏僻的餐桌边不停低声交谈,她觉得自己认识其中的一个。他们的面前放着一瓶白兰地,两人杯里的酒都只有一半,看上去他们在不同的世界中各自孤独。正对着她的男人身穿白色亚麻外衣,衣着考究,无可挑剔,头发灰白,留着浪漫的小尖胡子。从第一眼偶然瞥见他起,她就觉得自己认识他。尽管她拼命回忆,还是无法想起他到底是谁,自己又是在什么地方见到过他。当朋友们聊得热火朝天时,她不止一次走神,直到一位朋友忍不住好奇,问她旁边那桌客人有什么值得在意的地方。

"留土耳其式小胡子的那个,"她低声说,"不知道为什么,我总觉得他有点眼熟。"

几个朋友都小心翼翼地偷瞄那个男人。

"长得不赖。"其中一个朋友毫无兴趣地说道,然后大家继续闲聊了起来。

可是安娜·玛格达莱纳依旧不安,那天晚上她好不容易才睡着,结果三点就醒了,心怦怦乱跳。丈夫也醒了,而她已经缓过来了,于是胡乱编了个噩梦讲给他听,那个梦就和新婚期时常吓醒她的那些真实而可怕的噩梦一样。她第一次问自己,为什么不敢在城里做她在岛上做的那些事情,毕竟她一整年都待在这里,每天都有许多更容易掌控的机会出现。她至少有五个好姐妹都曾在身体可承受范围内有过地下情,同时也都维持着稳定的婚姻关系。可是,她想象不出在城里能有什么场景像岛上一样刺激又合适,就当这是母亲在死后和自己开的一个玩笑吧。

几个星期以来,她一直无法忍住诱惑,想找到那个让她无法安定生活的男人。她经常在客流最大的时候回到那家餐厅，每次都会趁机拉上几个关系一般的朋友，以免别人对她的单独行动生疑，她也习惯了在焦虑和恐惧中寻觅那个男人时和偶遇的其他男人打交道。然而，无须任何人的帮助，她不断寻找的男人的真实身份就像一场夺目的爆炸在她的记忆中突然出现。他正是岛上第一晚往她书中夹了那张可恶的二十美元的人。这时她才恍然大悟，也许她之所以没认出他来，是因为他当时还没留火枪手式的小胡子。她因这次重逢而成了那家餐厅的常客，兜里装着一张二十美元钞票，时刻准备把它扔到他的脸上，可是愈加不明白应该以怎样的态度扔，因为尽管怒火越烧越旺，她却越来越不把那个男人和岛上的不幸经历带来的糟糕记忆放在心上了。

然而，到了八月，她又觉得有了使不完的力气，可以继续做自己了。渡轮的航程和以前一样，似乎没有尽头，曾让她魂牵梦绕的小岛此时却显得喧闹又贫瘠，载她去前一年那家酒店的出租车差点翻进窄沟。她发现曾给她带来幸福体验的那个房间还空着，门房立刻记起了陪她入住的男客人，但是在登记档案中没找到任何与之相关的信息。她焦急地前往他们一起去过的其他几个地方，看到了形形色色独处的、无所事事的男人，他们本可以与她共度良宵，但她发现没人能替代她渴望的那一位。于是，她住进前一年那家酒店的同一个房间，然后立刻赶往墓地，担心会提前下雨。

她在几近难以忍受的焦虑中重复每一个步骤，想尽快完成每年去见母亲前的例行任务，以免痛苦。卖花人还是从前的那个，只不过一年比一年衰老，刚看到她时还认错了人，后来卖花人给她打包了一束与从前一样漂亮的剑兰，但显得有些不情愿，价格也几乎翻了一倍。

她来到母亲坟前，眼前竟是高高隆起的花堆，那些花已经被雨水淋烂，这场面震撼了她。她想不出花是谁放的，大方直接地询问了看守人，看守人也同样天真自然地回答了她：

"还是一直送花的那位先生。"

看守人解释道，他也不知道那位无名访客是谁，那个人随时可能到来，给那座坟墓铺满绚烂的鲜花，这景象在穷人的坟前可见不到；她对此感到更加困惑。花那么多，那么昂贵，只要它们还带着一丝天然的绚丽色泽，她就舍不得把它们从墓上清理掉。根据看守人的描述，那个男人大概六十多岁，生活富裕，头发雪白，留着参议员式的胡子，挂着拐杖式雨伞，以便在雨天也可以继续专注地站在坟前。看守人从没问过这位老人任何问题，也没向别人提起过老人留下的花有多么昂贵，给的小费又有多么丰厚，之前她给母亲扫墓时，他也没向她提起这个人，因为他确信这位打着神奇雨伞的绅士肯定是亲属。

她强忍住内心的不安，给了看守人不少小费，她心潮翻涌，喘不过气来，母亲经常来岛上的秘密大概可以揭开了：她总说要来做生意，但谁也不清楚她到底做的是什么生意，也许那生意压根儿就不存在。

离开墓地时，安娜·玛格达莱纳·巴赫已经完全变了个人。她抑制不住地浑身发抖，司机不得不把她扶上了车。直到此时，她才大致明白了，为何母亲每年都要来这座小岛三次，甚至四次，也大致明白了母亲为何在异国他乡得知自己身患恶疾、即将辞世时，坚持要家人把她葬在这座岛上。直到此时，作为女儿的她终于大致明白了，原来在去世之前的六年里，母亲也曾怀着和自己一样的激情一次次踏上旅程。她想，母亲来这里的原因应该和她的一样，接着又为二人的相似性感到惊讶。她并不悲伤，反而受到了激励，因为她发现自己生命中出现的奇迹实际上是母亲生命的一种延续。

那天晚上，安娜·玛格达莱纳被午后经历带来的激动情绪压得喘不过气，漫无目的又机械地在贫民区中穿梭，不知不觉走进一个流浪占卜师的帐篷，那人只凭一把萨克斯就能猜中某位观众正在默想的流行乐曲。安娜·玛格达莱纳从不敢参与这种活动，但那一晚，她开玩笑似地问起自己命定的男人到底在哪里，占卜师的回答含糊却准确：

"既不比你期望的近，也不比你认为的远。"

她灰头土脸、神情恍惚地回到酒店。露天阳台上挤满了年轻的客人，他们在一支年轻乐队的伴奏下肆意地舞蹈，连她也抵挡不住诱惑，想要分享幸福一代的喜悦。没有空桌了，但是服务生认出她是往年来过的老顾客，赶忙把她带到了一张桌子边。

第一轮舞跳完后，一支大胆的乐队弹奏起改编自德彪西《月光》的博莱罗舞曲，一位出众的黑白混血女歌手深情献唱。安娜·玛格达莱纳被深深地打动了，点了常喝的加苏打和冰块的杜松子酒，年满五十后，这已经是她唯一允许自己喝的酒精饮品了。

只有邻桌的一对情侣让她觉得与这个充满激情的夜晚格格不入：小伙子年轻又有魅力，而那位女士虽然可能年纪偏大，却依然高傲夺目。他们显然正在低声争吵，激烈地互相责备，不过在舞会的氛围中这些话语没起什么效果。音乐间隙，他们也暂时停止了争吵，不想让邻桌的人听到争吵的内容，可当下一支乐曲响起，他们吵得更加凶了。在这个没人关注别人的世界里，这种事情司空见惯，安娜·玛格达莱纳对此毫无兴趣，甚至觉得还不如马戏团表演来得有趣。可当那位女士像演戏一般郑重地把酒杯摔碎在桌子上时，她还是心中一颤，那位女士径直穿过舞池朝大门口走去，高傲而美丽，从让路的一对对幸福情侣中间穿过，没看任何人。安娜·玛格达莱纳明白争吵已经结束了，但还是谨慎地没有将目光投向那个呆坐在座位上的男人。

当正式乐队演奏完一组青春洋溢的曲目后，另一支更大胆的乐队开始演奏怀旧曲目《西波涅》，安娜·玛格达莱纳一边喝杜松子酒，一边任由自己被旋律中的魔力牵引。突然，在演奏间歇之时，她的目光偶然和邻桌被抛下的男人的目光相遇了。她没有回避。他微微点头示意,她觉得自己仿佛在重新经历遥远的青春期的某件往事。一阵奇怪的颤抖令她眩晕——仿佛自己是第一次这样,杜松子酒的后劲激起她不同寻常的勇气,让她坚持到最后。他抢先一步开了口。

"那个男人是个无赖。"他对她说。

她讶异地问:"哪个男人?"

"那个让您傻等的男人。"他说。

一想到他正在以仿佛看透她内心的方式说话,她就觉得自己的心拧作一团,于是她故意带着嘲弄的口吻,以"你"相称,给出了正面回应。

"就我刚才看到的情况来说,被甩开的人是你啊。"

他明白她指的是自己被抛下的事情。

"我们的争吵总是以这种方式结束,不过她一般不会生气太久。"他说。他紧接着直切主题:"您则不同,现在您不必再忍受孤独了。"

她苦涩地瞥了他一眼。

"到了我这个年纪，"她对他说，"所有女人都是孤独的。"

"照这么说的话，"他重新振作起来，"这是我的幸运之夜啊。"

他端着酒杯站了起来，不再废话，径自坐到她这一桌，她悲伤又孤独，因此没有阻拦他。他为她点了一杯她最喜欢的杜松子酒，有那么一瞬间，她忘掉了心头的难过，又变成度过了那些孤独之夜的女人。她再次为撕碎最后那个男人的名片而自责，在这个夜晚，没了那个男人，她无法再感受幸福，哪怕一个小时的幸福她也得不到。由于懒得拒绝对方，她跳了支舞，但那个男人跳得很好，这让她感觉好了一些。

他们跳完一组华尔兹，回到桌边时她发现房间钥匙不见了，于是在手提包里和桌子下面找了起来。他却变戏法般地从口袋里掏出了钥匙，像玩轮盘赌一样唱出了房间号：

"幸运号码是：333号！"

邻桌的客人都转头望向他们。她受不了这种粗俗的玩笑，严肃地朝他伸出手。他意识到自己犯了错，把钥匙还了回去。她默默接过钥匙，离开了餐桌。

"请至少允许我陪陪您，"他乞求道，慌乱地继续纠缠她，"谁都不该独自度过这样美妙的夜晚。"

他从椅子上一跃而起，也许是为了与她道别，但也可能是想陪她同行。又或许连他本人也不知道自己究竟要做什么，可是她自认猜透了他的想法。

"不必麻烦了。"她对他说道。

他有些不知所措。

"不必担心，"她坚持说道，"我儿子七岁大的时候就能陪我。"

她决绝地离开了，还没走到电梯口，她就已经开始自问刚刚放弃了这一晚的幸福应不应该，而这正是她最需要的东西。她开着灯睡着了，入睡前依然在纠结是该睡觉还是该重振精神返回酒吧，迎接自己的命运。她在昏沉中被一场时断时续的噩梦侵扰，最后被一阵鬼鬼祟祟的敲门声吵醒。灯还开着,她趴在床上,身上还穿着之前随便挑的那身衣服。她保持那个姿势没动,咬着被泪水打湿的枕头,不想问是谁在敲门,直到敲门声停止。然后她在床上调整好姿势,没换衣服,也没关灯,生着闷气,流着愤怒的眼泪睡去,因为在这样一个男权世界里,生为女人本身就是一种不幸。

她只睡了不到四个小时,前台的接待员就叫醒了她,担心她错过八点的渡轮。她一下子从床上跳起来,发现自己应该去做一件事,而之前在岛上度过那几个糟糕的夜晚时,她从未及时醒悟。为此她不得不等待两个小时,才等到墓地看守人前来告知如何办理给母亲迁坟的手续。办理完手续,已经过了中午,她给丈夫打了个电话,撒谎说误了船,不过肯定能赶上下午那一班。

看守人和雇来的掘墓人一起挖出了棺材,像集市上变戏法的魔术师一样无情地将它打开。如同一面全身镜，安娜·玛格达莱纳在棺中看到了自己，笑容僵硬，双臂交叉放在胸前。她看到棺中人和那天的自己一模一样，年龄也一样，穿着婚礼上的白纱，戴着结婚戒指和镶嵌着红色祖母绿①的头冠，如母亲在临终前安排的那样。她不仅觉得母亲还像生前那样带着无可慰藉的悲伤，还觉得自己正被死者注视。母亲爱她，正为她哭泣，直到那副已经腐坏的骨架被掘墓人和看守人拿着扫帚扫成一堆，又被冷漠无情地扫进尸骨袋中保存了起来。

两个小时后，安娜·玛格达莱纳最后一次满含同情地回望了一眼自己的过去，永远告别了属于那些夜晚的陌生男人，也告别了被她散落在岛上的无数缥缈的时光。海水被下午的阳光照成金色，缓缓涌动。六点，丈夫看到她大摇大摆地拖着尸骨袋走进家门，禁不住大吃一惊。

"这是我母亲的遗骨。"她说，早就料到他会被

---

① 又名红色绿柱石，与祖母绿同属绿柱石品类，是颜色罕见的宝石。

吓到。

"你别害怕。"她说,"母亲什么都明白。其实我觉得,她是唯一的明白人,当她决定让大家把她葬在那座岛上时,就早已明白了一切。"

原版编辑手记

一九九九年三月十八日,加夫列尔·加西亚·马尔克斯的读者收到了一则令人欢欣的消息:这位哥伦比亚诺贝尔文学奖得主正在创作一部由五个独立故事组成的全新作品,这些故事拥有同一个主人公:安娜·玛格达莱纳·巴赫。记者罗莎·莫拉在《国家报》上发表了独家报道,同时附上了小说的第一篇《我们八月见》。此前,加西亚·马尔克斯在马德里的美洲之家朗读了这个故事,他当时与另一位诺贝尔文学奖得主若泽·萨拉马戈一同出席了伊比利亚美洲创作力论坛活动。他并未发表演讲,而是朗读了读者此时捧在手中的这部小说的首个版本的第一章,让听众大吃一惊。罗莎·莫拉补充道:"《我们八月见》还包括另外三篇故事,总计一百五十页,加博差不多写好了,而据作者本人所言,他近来有个迷人的想法,因此可能会继续创作第四个故事。全书故事的主题都是大龄男女的爱情。"

加西亚·马尔克斯是我自少年时代起就最喜欢的一位作家,几年后,幸运女神让我们的命运有了交集。我曾满怀激情地阅读他的作品,就像阅读鲁尔福、博尔赫斯和科塔萨尔的作品那样,我因此得以远渡重洋,到得克萨斯大学奥斯汀分校攻读拉丁美洲文学博士学位。二〇〇一年八月,回到巴塞罗那后,我成了兰登书屋蒙达多利出版社的编辑,卡门·巴塞尔斯打电话约我到她的公司见面。盛夏时节,公司里几乎没什么人。加西亚·马尔克斯在撰写回忆录,需要一位编辑帮忙，但一直同他合作的编辑、我的朋友克劳迪奥·洛佩斯·拉马德里正在度假，于是我有机会跟他通了电话。接下来我开始与这位哥伦比亚作家并肩工作，一起修改《活着为了讲述》的终稿，他用电子邮件或传真一点点发来手稿，我则不断审订内容，做好批注后再把稿子返还给他，批注主要是跟他确认数据信息。他特别感谢我告诉他卡夫卡的《变形记》实际上并非由博尔赫斯翻译，虽说他手头阿根廷版的封面上是那样写的，而这本书改变了他的叙事天地。尽管他正在洛杉矶养病，但我依然在远距离的编辑工作中见证了他的工匠精神。他重写了关于"波哥大动乱"的章节，还天才地改动了书名中的一个字母，以免同另一位作家爆发冲突，这些都是例证。由于一个偶然的机会，我曾在巴塞罗那的某家餐厅里见过他和梅塞德斯·巴尔恰本人，但直到二〇〇八年，我们才算真正建立起了作者和编辑的关系。

加夫列尔·加西亚·马尔克斯和梅塞德斯·巴尔恰

曾在洛杉矶停留很长一段时间，二〇〇三年五月，他们一起回到了墨西哥的家中，新聘请的私人秘书莫妮卡·阿隆索迎接了他们。她的回忆对于还原《我们八月见》的写作时间线来说至关重要。根据莫妮卡·阿隆索的说法，二〇〇二年六月九日，加西亚·马尔克斯在出版人安东尼奥·玻利瓦尔的帮助下完成了回忆录最终样稿的校对工作。就在他清理完书桌上各个版本的回忆录书稿和注释文件的那天，作家得知了母亲去世的消息。而回忆录的开头是这样的："妈妈让我陪她去卖房子。"它与这个神秘的巧合组成了闭环。作家一时没了急迫的写作计划，而莫妮卡在他书桌抽屉里发现了一个文件夹，里面是两份手稿：一份的标题是《她》，另一份是《我们八月见》。从二〇〇二年八月到二〇〇三年七月，加西亚·马尔克斯紧张地创作着《她》，后来这部作品更名为《苦妓回忆录》，于二〇〇四年出版。这是作家生前出版的最后一部小说。

但在二〇〇三年五月，加西亚·马尔克斯发表了《我们八月见》的另一段节选，似乎是在公开表明自己依然在推进最新的小说写作计划。二〇〇三年五月十九日，《我们八月见》的第三章以《月全食之夜》为名，作为一则独立的短篇小说发表在哥伦比亚的《改变》杂志上，几天后，西班牙《国家报》也刊登了这则短篇小说。莫妮卡·阿隆索表示，从二〇〇三年七月起，作家再次紧张地投入这部小说的创作中。就这样，直到二〇〇四年年末，除去几份早期的草稿和从洛杉矶带回来的一个版本，作家又接连写出了五个版本。所有版本都标有日期，和其他文献资料一起被保存在得克萨斯大学奥斯汀分校的哈里-兰瑟姆中心。

写到第五个版本时，他停手了，给他的文学代理人卡门·巴塞尔斯寄去了一份副本。"有时候得把书放一放。"他对莫妮卡·阿隆索说。有件大事在等着他：《百年孤独》出版四十周年。西班牙皇家语言学院要推出那本书的纪念版,准备工作令他忙个不停。二〇〇七年三月二十六日,加西亚·马尔克斯出席了在卡塔赫纳举办的纪念大会的开幕式,这是他参加的最后一次大型公开活动。

二〇〇八年三月,当时我以兰登书屋蒙达多利出版社负责人的身份在墨西哥工作,受卡门·巴塞尔斯的委托,我回归编辑身份,和加西亚·马尔克斯一同选编他的公开演讲文集,那本书最终在两年后以《我不是来演讲的》为题出版。我频繁拜访他的书房,至少每月一次,就书中收录文章里涉及的书目、作家和主题与他进行长时间的交谈。

二〇一〇年夏天,卡门·巴塞尔斯在巴塞罗那告诉我,加西亚·马尔克斯有一部从未出版的小说,还没想好结尾,她托我鼓励他把那部小说写完。她向我透露,小说讲述了一个成熟已婚女性前往埋葬着她母亲的小岛并在岛上遇到一生所爱的故事。回到墨西哥后,我做的第一件事情就是向加博询问小说的情况,并向他转述文学代理人的话。加博高兴地对我说，女主人公在岛上遇到的并非一生所爱，她每次前往小岛时都会结识不同的情人。他请莫妮卡拿来了最后一版手稿，以向我证明小说是有结尾的，与其他手稿一样，那份手稿存放在德国灯塔牌文件夹里，他给我读了小说的最后一段，故事的结尾令人眼花缭乱。他对自己正在创作的作品总是表现得非常犹疑，不过几个月后，在他的提议下，我们一起高声朗读了其中三个章节。我还记得当时的感受：那是部技巧娴熟的作品，涉及了他之前作品中从未写过的新颖主题。我非常期待他的读者有朝一日能读到它。

他的记忆力已经不允许他自己把所有片段和修订内容都整理进最终版本了，不过有段时间里，修改稿子是他在书房里消磨时光的最好方式，他一直在做最喜欢的一项工作：在这里加一个形容词，在那里指出一个可修改的细节。落款为二〇〇四年七月五日第五版的第一页上写着："最终版棒极了。关于她的信息，

第二章。注意：可能的最终章/会是最好的版本吗？"这无疑是他最喜欢的版本，他最终决定和莫妮卡一起根据前几个版本的修改意见修订这个版本。同时，莫妮卡还保存了一个电子版文档，里面出现了作家原先构思的一些不同的可能性和场景。这两份文档是小说最终版的基础。

作者和编辑之间的关系是一种基于互相尊重的信任契约。同加夫列尔·加西亚·马尔克斯一起工作是一份殊荣，但也意味着不断顺从。就我的体验来说，这种状态可以用我们第一次谈话时的一句话概括——当时卡门把电话递给我——他说："我希望你尽可能多地提出批评意见，因为我一旦给作品画上句号，就不会再回头检查了。"我仿佛一位修复师，正面对伟大画家的油画。我从莫妮卡·阿隆索保存的电子版文档入手，把它和被加西亚·马尔克斯认定为最后一版——实则在过去数年中都在参照其他版本不断更改——的第五版稿子进行对比；我检查了每一条批注，这些批注有的是他本人写的；有的则是他口述给莫妮卡·阿隆索写下的；我还检查了每个被修改或删除的词语、句子和页面空白处的每条笔记，以决定是否把这些内容修订到最终版本中。编辑的工作不在于改变某部作品，而在于利用作品中已有的文字使其变得更有力量，这就是我编辑工作的核心内容。我其余的工作还包括求证并修改某些信息，如书中提及的音乐家或作家的名字，以及女主人公的年龄是否与加西亚·马尔克斯写在手稿边缘处的创作笔记保持一致。

我希望《我们八月见》的读者能够分享我在数十次阅读这个故事时所感受到的敬意和震惊，每一次我都感觉加博正站在我身边，把手搭在我的肩膀上，就像我们一起修订演讲文集那天莫妮卡给我们拍的照片一样。

感谢罗德里戈·加西亚·巴尔恰和贡萨洛·加西亚·巴尔恰对我的信任，八月的一天，他们打来电话，告诉我他们决定出版《我们八月见》，同时希望我担任编辑。在漫长的编辑过程中，面对不可承受的责任之重，他们的鼓励和信任是对我工作的最佳奖赏。梅塞德斯·巴尔恰曾在某一天决定向我打开家门，而不只是书房的门，在这几个月里，她在我的回忆中不断闪现。莫妮卡·阿隆索对加西亚·马尔克斯既忠诚又细心，这对于本作最终定稿起到了关键作用，她花费了大量时间帮助我重构作家的创作过程，我在此向她表达谢意。我们所有人都要感谢保存加西亚·马尔克斯文献档案的得克萨斯大学奥斯汀分校的哈里-兰瑟姆中心，中心的工作团队将这部小说的数份手稿进行了数字化复制，这一工作对于本书最终成型意义非凡，该团队成员包括：斯蒂芬·恩尼斯、吉姆·库恩、薇薇·贝伦斯、卡桑德拉·陈、伊丽莎白·加佛和亚历杭德拉·马丁内斯。我还要感谢我的朋友、伟大的编辑加里·菲斯克琼，与他对谈帮我摆脱了编辑工作时的困境。我们无比怀念主编桑尼·梅塔，他的经验具有指导性，如今也依然宝贵，他曾十分期待本书的出版。我还要特别感谢我的妻子伊丽莎白和我们的孩子尼古拉斯、瓦莱丽，他们在漫长的时间里始终支持我窝在阁楼里整理这部小说。最后，我要把最深沉的谢意献给加博，感谢他的人性光辉，他的真诚和亲切，每当有人带着敬神般的心态来到他身边时，他都会报以微笑，那是属于凡人的笑容。这几个月中对他的怀念是支撑我走到此刻的最大动力。

克里斯托瓦尔·佩拉

二〇二三年二月

图书在版编目(CIP)数据

我们八月见 /（哥伦）加西亚·马尔克斯著；侯健
译. -- 海口：南海出版公司，2024.3
ISBN 978-7-5735-0877-5

Ⅰ.①我… Ⅱ.①加… ②侯… Ⅲ.①长篇小说－哥
伦比亚－现代 Ⅳ.①I775.45

中国国家版本馆CIP数据核字(2024)第023130号

我们八月见

〔哥伦比亚〕加西亚·马尔克斯 著
侯健 译

出　　版	南海出版公司　(0898)66568511
	海口市海秀中路51号星华大厦五楼　邮编 570206
发　　行	新经典发行有限公司
	电话(010)68423599　邮箱 editor@readinglife.com
经　　销	新华书店
责任编辑	侯明明
特邀编辑	梅　清　陈方骐　吕宗蕾
营销编辑	杨美德　李琼琼　陈歆怡
装帧设计	韩　笑
内文制作	田小波
印　　刷	山东韵杰文化科技有限公司
开　　本	850毫米×1092毫米　1/32
印　　张	4
字　　数	50千
版　　次	2024年3月第1版
印　　次	2024年3月第2次印刷
书　　号	ISBN 978-7-5735-0877-5
定　　价	39.00元

版权所有，侵权必究
如有印装质量问题，请发邮件至 zhiliang@readinglife.com

著作权合同登记号　图字：30—2024—019

© Heirs of Gabriel García Márquez, 2024
Preface copyright © Rodrigo and Gonzalo García Barcha, 2024
Editor's Note copyright © Cristóbal Pera, 2024
Diseño de cubierta: Penguin Random House Grupo Editorial / Nora Grosse
Ilustración de la cubierta: © David de las Heras